至味清欢

朱敏江 著

SPM
南方传媒 广东人民出版社
· 广州 ·

图书在版编目（CIP）数据

至味清欢 / 朱敏江著 . —广州：广东人民出版社，
2022.10

ISBN 978-7-218-16074-0

Ⅰ．①至… Ⅱ．①朱… Ⅲ．①散文集—中国—当代
Ⅳ．① I267

中国版本图书馆 CIP 数据核字（2022）第 176178 号

ZHIWEI QINGHUAN

至味清欢

朱敏江　著

出 版 人：肖风华

责任编辑：马妮璐
责任技编：吴彦斌　周星奎
装帧设计：书香力扬
　　　　　Tel:135 5118 0183

出版发行：广东人民出版社
地　　址：广东省广州市越秀区大沙头四马路 10 号（邮政编码：510199）
电　　话：（020）85716809（总编室）
传　　真：（020）83289585
网　　址：http://www.gdpph.com
印　　刷：成都兴怡包装装潢有限公司
开　　本：880mm×1230mm　1/32
印　　张：8.125　字　　数：203 千
版　　次：2022 年 10 月第 1 版
印　　次：2022 年 10 月第 1 次印刷
定　　价：56.00 元

如发现印装质量问题，影响阅读，请与出版社（020-85716849）联系调换。
售书热线：（020）87716172

序

　　散文是最具感染力、亲和力和受众最广的一种文学体裁，因为散文的真情、真实、真知往往让读者喜爱不已。

　　"感人心者，莫先乎情。"散文创作的真情，是散文最为重要的元素，缺了这种元素，散文便没有了生命力。散文的真情，表现在作者不故弄玄虚，不狂傲自大，不虚情假意，不畏首缩脚，而是真心实意与读者进行心与心的交流上。

　　散文的真实，体现在散文内容的真实上，这是散文的本质。正因为如此，所以对文学作品的分类，把散文归为非虚构的范畴。关于散文的真实，著名作家王蒙从另一个角度说："我不希望我写的小说非常地小说，我宁愿我的小说写得像散文。就是说我特别不好意思在小说里编造一些戏剧性的情节，特别不好意思用谎言去引诱读者。所以，我非常希望写小说能像散文一样真实，像散文一样优美。"

　　散文的真知，体现在作者选材立意的真知灼见上。散文题材的包容性是其他文学体裁难以具有的一种品性，又由于散文是最能直接表达作者主观感受的文体，因此，在散文的立意上，作者要有自己独特的识见。《散文》杂志每期封面上有一句话很好："表达你的发现！"这句话就是希望散文作者在选材立意上有自己独特的"发现"。只有写出"人人心中有，个个笔下无"的作品，才能称得上好作品。

看朱敏江的散文作品，我看到了他的散文创作在"真情、真实、真知"的要义上所做的探索与追求，我感到他的散文创作起步高，路子正，发展潜力大。

我与朱敏江认识时间并不长，记得大约是在 2017 年一次文学活动上经人介绍认识的。得知他还是我的小老乡，在我熟山熟水里长大的人，我们自然从速拉近了距离。那时他刚开始散文创作，希望能加入我的文学工作室，对于热爱文学创作的小老乡的请求，我便欣然地同意了。

有一天，他拿了一篇写油菜花的散文给我看。我毫无保留地指出了作品的不足，让我想不到的是，他乐呵呵地接受了我的尖锐点评，他的这种谦逊，让我有些喜欢。要知道，现在的一些年轻人自傲得很，对他们说不得半句不中听的意见，这样无疑影响了他们创作的进步。那天下午我们相谈甚欢，天色渐暗也丝毫不觉。两天后他便将修改后的稿子发给了我，我细细品读后发现质量远超出我的预期，不仅将我指出的不足之处修改好了，而且还对我的建议进行了创造性的吸收，文章通篇洋溢着真情实感。这一次改稿，让我对他在散文创作上的灵性刮目相看。

还有一次，我接到编写一本地方史迹书籍的任务，他也欣然加入了创编团队。每到一个地方考察，在认真听取介绍后，他都会单独详细询问自己关心的各种问题，并一一记录，几次考察下来便积累了厚厚的一叠材料。在考察过程中，他还有一个"奇怪"的举动，那就是用自己的脚步来丈量每一处建筑的长度和宽度，不会遗漏下一个房间。当他交出材料时，我发现稿子不但内容全面，而且数据特别翔实，好多我们没有关注到的地方，他都一一做了介绍。这一次实地创编，让我见识到了他的严谨，他的一丝不苟，以及他的勤于钻研。

朱敏江每次创作出手都很快，更难得的是，在数量相对高产的同时，还有质量的加持，因此我也不断地看到他的作品在国内一些知名刊物上发表。

朱敏江的散文创作，不拘泥于某一个方面的题材，无论人、事、物、景，皆能信手拈来。岁月有时如无色无味的清水，但即使是平淡无奇的生活，朱敏江也能从中发现不经意的美，寻找到属于自己的乐趣。世界上不老的是风景，我觉得在他的心中人间到处是风景。他的作品文笔特别细腻，如同在描摹一幅幅精致的工笔画。读着他的文章，眼前就会自然而然地浮现出一个个逼真的画面，带给人柔和的美感。他的作品还有一个特点，往往切口很小，却能由一个极小的点轻轻荡漾开来，扩散延伸逐渐变得丰满，因此文章知识性和趣味性十足。

好的散文作品能给人以力量，给人以智慧。朱敏江的散文，字里行间中都融进了自己的真知灼见，就像是弥漫着清香的绿茶，令人回味起来沁人心脾；又像冬日里的暖阳，让人倍感舒心。

"天行健，君子以自强不息。"朱敏江在奋发图强的人生进程中，把做好本职工作与业余爱好写作这两者有机地结合起来，取得了优异的成绩。他思维敏捷，说话语速快，走路速度快，创作出稿快。他像风一样迅疾，像风一样柔情，像风一样吸纳圆融，像风一样行走，不知疲倦，永不停憩。他把这些年来创作的散文结集为《至味清欢》出版，为的是与更多的人一起分享他用文字表达的自己在平淡生活中的独特体验，为的是更快地与志同道合的热爱文学的人们建立起友谊，也为的是让自己在文学创作的道路上走得更快更远。

是为序。

陆原

2022 年孟春

（陆原，中国作家协会会员、中国散文学会二届及三届理事、浙江省作家协会报告文学委员会副主任，编著有中短篇小说集《苍鹰在天》、散文集《心灵的风景》、长篇报告文学《谁为翘楚》《万里长歌》等二十多部。）

目 录 Contents

第二辑 草木葳蕤

第三辑 风物印记

第四辑　山水如画

第五辑　心灵美景

第一辑

人间烟火

至味清欢

风车里的故事

　　一家人驱车至农家乐游玩，儿子远远看见立于大厅的风车，就如哥伦布发现新大陆，箭一般地冲过去围着它转来转去。一饱眼福之后，他伸出右手握住把手，兴奋地摇动风叶，还不停地招呼我们一块儿来玩。

　　都说云是风的故事，山是水的故事，而风车就是我的故事。风车对于儿子意味着好玩，而之于我则是无尽的情思。时光可以冲淡我对童年的记忆，却无法带走我对风车的感怀，因为我始终将风车印象藏在左心房最柔软之处。

　　风车，有些地方又叫风簸箕、风斗、扇柜。它可以分离秕谷、稻草，吹走麦壳，扇去糠和碎米。因此，对农家来说，风车必不可少。

　　木头制成的风车造型优美。顶上是一个方形的漏斗，车身有一根竹片与漏斗尾部相连，用来控制进量。抽屉形的出口呈四十五度角斜伸于外，麦子和稻谷等就从此处流出。风车口呈斗状，圆形的后半部中容纳着一片片风车叶，摇动近似"Z"字形的把手，风车就会飞快地转动。

　　小的时候，当我们想要伸手触碰风车时，大人就会一本正经地说："小孩子不能转风车，会肚子疼的。"因此一般的小孩都轻易不敢转动风车。但总有一些淘气哥偏不信邪，会勇敢地去转动风车，而我则悄悄地躲在旁边观察。只见他们起劲地摇动把手，而且越摇越快，一副得意扬扬的表情，但捂住肚子蹲在地上的情景却始终没有出现，让人少了幸灾乐祸的机会。

　　稍大一些，我便有了和风车亲密接触的机会。每年农忙时节，从田里收割来的稻谷中有一些秕谷，还夹杂着稻草丝，这时就轮到风车登场了。

　　摇风车是父亲的专属。等到风车顶的漏斗装满稻谷，父亲就开始摇动把手转动风车，瞬间就有一股风从风车口冲出。他瞅准时机，轻轻将连着闸门的竹片下移一到两格。漏斗中的稻谷慢慢掉入风车肚，饱满的谷粒坚强地经受住风力吹动，从抽屉形出口源源不断地流出掉入箩筐。那些秕谷就像调皮的孩子，纷纷从风车口腾跃而出，划过一道漂亮的抛物线后，落于地面之上。而那些体量较轻的稻草丝则如皮影中的孙悟空，在空中闪转腾挪，翻越几个跟斗之后才心有不甘地降落地面。

　　渐渐地，父亲身前的谷粒越积越多，形成了一个漂亮的圆锥形。他不时伸出左手轻轻将锥顶推翻，并用手转几圈，谷堆上留下几道圆形的波痕，而流出的谷粒随即又将波痕淹没。

　　漏斗中的稻谷从中间往下漏，留下一个漩涡状的浅坑。当稻谷慢慢浅下去时，我马上用畚斗到谷堆盛取稻谷，抱到风车边。母亲则接过我手中的畚斗，双手擎起举到风车顶，一粒粒金子般的稻子纷纷从畚斗跃入漏斗中。

　　当稻谷快要漫过箩筐时，父亲就停下手招呼母亲一起将箩筐抬走。这时，我抓住千载难逢的机会小心翼翼地转动起了风车，不过，转了几圈好像肚子也没有疼的迹象。这时父亲拿着空箩筐回来了，我马上停下来，他则伸出大手抚摩着我的脑袋，露出慈祥的笑容。

风车扇麦子的情景就更美妙了！大力转动风车，白色的麦壳仿佛一个个穿着白衣的精灵，迈着轻盈的舞步，纷纷从风车口飞跃而出，又如满天飞起的玉蝶，扭动婀娜的身姿慢慢飘落地面。邻家的小妹妹看见了，拍着手大声欢呼："下雪啦！下雪啦！"是啊！远远望去，风车口处仿佛雪花飞舞，正如"燕山雪花大如席，片片吹落轩辕台"。不一会儿地面就变成银白一片，犹如进入银装素裹的世界。如果有时风车口正巧朝向翠竹丛，就会生动演绎一番"六出飞花入户时，坐看青竹变琼枝"的景象。

正因为风车的不可或缺，人们对它也分外爱惜，每次使用完毕，马上将它抬回屋中，绝不会让它遭受一丁点的风吹雨淋。一些人家在不用时还会用蛇皮袋、塑料布等盖在风车上，以免积上厚厚的尘垢。

无论多么美妙的东西，都难抵挡时代变迁的消磨。随着水稻产量大幅增长，人们不再为粮食而发愁。一批批的人带上曾经和风车一起劳作的勤劳品质，告别了土地，告别了风车，开启了外出谋生之路，风车也因此而渐受冷落。

土地承包流转渐渐推广，农村种粮大户不断涌现，收割机随之异军突起。也许荷兰风车可以打败堂吉诃德，但在与现代化机器的碰撞中，我们的风车却有如堂吉诃德一般败下阵来。风车心不甘情不愿地退居幕后，默默地立于房檐之下，在风吹日晒中，逐渐褪去光泽，即使积上厚厚的尘垢，也没有人去擦洗。

时光荏苒，世态炎凉演绎出了酸甜苦辣，那些属于风车的青葱岁月早已悄然逝去。房檐下的风车孤零零地立于角落，绝少有人问津，留下的只是对过去辉煌的眷恋与不舍。正因为被人遗忘在角落，风车过起了云卷云舒的日子，也得以于无声处倾听凡尘落素。

风车虽已远离繁华，但我从不曾忘却和风车一起度过的美好时光。每当大雪纷飞之时，麦壳从风车口飘然而出仿佛雪花飞舞的景象，恍如就在我眼前。

任何暗香只要浮动，自会随羽翩飘进深深巷陌。虽历经世事浮沉，风车也没有就此退出历史舞台，反而摇身一变，和捣臼、石磨等一起，成了农耕文化的代名词。风车进入了民俗博物馆，也特别受农家乐经营户青睐，他们将之拿来作为吸引游客的重要元素。

转时间，风车又成了宝贝，人们争相收藏，并重新上漆，使之发出锃亮的光泽。风车也好像焕发了自己的第二春，变得神采奕奕。它们身上也多了一张名片，上面记录着它曾经的辉煌历史。可以说，风车已经来了一个华丽的转身。

"风车！风车！"如今，孩子们看到风车时会发出欢呼，也会露出惊喜的眼神。他们大声地读着它身上的名片，然后上前摸摸风车的各个部位，也会按捺不住自己的好奇心，随心所欲地摇动把手。当风车在转动中发出欢快的声音，好像风婆婆打开风口袋，放出风娃娃时，孩子们会发出愉悦的笑声，而转动的速度也会随之变得越来越快。没有人会跟他们说，小孩子玩风车会肚子痛，也许他们永远也不会知道还有这样的故事。

当大人们介绍风车的作用时，孩子们也许会瞪大眼睛听着，然后露出一脸的茫然。他们有机会转动风车，发出"嘎吱嘎吱"的欢快声音，但他们已经很少有机会一睹风车扇动稻谷、麦子的场景，看到麦壳从风车口纷纷飘出，如同雪花飞舞的情景。风车好玩的一面被孩子们所熟知，而它原有的功能却渐渐被人们所淡忘。

每次看到风车，我总有一种歌谣般亲切之感。"人生若只如初见"，纳兰性德的词悲凉，却温暖着无数人的心。如今风车渐渐披上繁华的色泽，但我心中之于风车，永远都一如初见，永远是那道最美的风景。我也一直，在梦中寻找最初的味道。

伫立于高大的风车前，望着阳光下那一个拉长的光影，儿时伴在父母左右与父母一起劳作的情景不断跃入脑海，浮现于眼前。我想，心中若有桃花源，何处又不是水云间呢？

米花的力量

　　米花，我们俗称米胖，可以是现代机器膨化加工而成，也可以是在火上摇动古老的米胖机，"嘭"的一声炸制而成。我今天要说的米花，则是童年时看到的谷粒在秕谷堆里炸开的花。

　　秋后，稻谷收割，经过风车的劳作，一个个圆锥形的秕谷堆，便散落在房前屋后的空旷地带。当天变得黑魆魆的时候，我们便抓一把干稻草来引燃秕谷堆。稻草燃尽，秕谷堆不会熊熊燃烧，但火会从几个小点慢慢向四周蔓延，不时冒出红红的光。

　　这夜色中的一抹红，也招引来了我们这些天真活泼的孩童。大家围成一个圈，坐在火光渐渐变红的秕谷堆旁，红红的火光在暗夜里跳动，就像调皮的小精灵，在孩子们的小脸上欢快地闪动。我们追逐嬉戏的打闹声，伴随着秕谷堆里的火光袅袅地飘向夜空。

　　随着热度的上升，秕谷堆里不时会炸出一朵朵洁白的小花。这诱人的小花，有时会"噗"的一声，裂开谷壳直接开在秕谷堆上；有时会像正在蹦床上表演的白色小精灵，在完成一个漂亮的腾跃后，安稳地落回秕谷堆上。

一会儿工夫，秕谷堆上白花点点，在暗夜中显得分外耀眼。这些小花就像一块磁石，散发着巨大的磁力，瞬间就把我们的目光吸引了。我找来树枝轻轻一挑，这朵白花便开在了我们的脚旁，随后躺在我的手掌心里。原来是遗落在秕谷堆中的饱满谷粒，经火烤后炸出了漂亮的爆米花，这是一样难得的美食，我们如获至宝。

洁白的米花不断地开在秕谷堆里，加上还没燃着的秕谷的淡黄，已经过火的秕谷的黝黑，正在扩张的点点红色，在暗夜里织出了一幅多彩的水墨画，也织出了一个如梦似幻的神秘之境。

我感念于米花爆炸的惊人力量，如果有几颗秕谷覆盖于其上，便会被它轻松挤开，旋即露出一张洁白的如花笑靥。即使埋在几层秕谷之下，它也能穿透阻隔，从厚厚的谷堆层中腾跃而出，盛开在我们的眼前，向世人展现自己的惊艳一面。

这力量来自哪里？我想许是接受火的炙烤的缘故吧。在吸收火的热量的过程中，小小的谷粒也累积起破壳而出甚而一飞冲天的能量。不然，就凭这小小的身躯，又如何能冲开重重的险阻呢！我被米花的这份坚韧深深折服，为了在人们面前绽开自己曼妙的身姿，它可以默默忍受烈火的烘烤，即使被烤焦也心甘情愿。

当然，这力量还来自自身的"肚里有货"。秕谷堆中，既有饱满的谷粒，更多的是一颗颗扁扁的秕谷，它们同样属于稻谷，但是从没有看到秕谷炸出过一朵朵洁白的花。因为秕谷经过烈日的曝晒后，内中早已干瘪无物，因此过火之后只会剩下一粒焦黑的灰烬。而饱满的谷粒则不然，谷壳中的每一个空隙均被长条形的米粒充盈着，因此在热火的膨化下，就有了炸开的内力，也有了腾跃而起的巨大力量。

　　米花的惊人力量，在不经意间也给了我很多的启示。一个人要想绽放出自己精彩的人生，就要经受如火般炙烤的历练，还要在不断学习中累积起足够的硬实力。

枇杷黄

初闻枇杷之名，以为就是琵琶，枇杷是一种水果，与古典乐器怎么搭得上关系呢？大些，才明白原来是枇杷的叶子酷似琵琶，又为果木，因此得名。

"大叶耸长耳，一枝堪满盘。荔枝分与核，金橘却无酸。雨叶低枝重，浆流沁齿寒。"诗中的金橘即为枇杷。枇杷又名蜜丸、琵琶果，成熟时果实色如黄杏，皮薄而光滑，果肉剔透，内中的核大小与色泽均似小栗。

我家有自留地在状如螺蛳的小山顶，父亲在那两块自留地里各种了三棵枇杷树，也在一家人的心中种下了满满的期待。

枇杷树不是娇生惯养的物种，它们生长在坡地之上，一张张叶子大如驴耳，就像一把把正待敦煌少女弹奏的琵琶。枇杷叶四时不凋，它们相互依偎，阴阴密密，婆娑可爱，将枝干遮挡得严严实实。

秋萌，冬花。每年盛冬，枇杷树就会开出朵朵的白花，密密匝匝的。朵朵白花在枝头轻轻摇曳，如同枝头上覆盖了皑皑的白雪。每一朵花，都在把积攒几季的香尽情释放。满树馥郁芬芳的花香，朵朵累积，丛丛沉淀，枝枝叠加，浓得化不开，直沁人心脾。

春实，夏熟。春天，树上结出了一颗颗翡翠般的青果，它们簇拥在一起，就像害羞的小姑娘躲在琵琶形的叶子之间。进入夏季，枇杷吸收着太阳光的热量，逐渐由翠绿变成淡黄，由淡黄转为鹅黄，由鹅黄幻化成金黄。盛夏时节，金果缀满枝头，灿若群星，在山坡上形成了一道迷人的独特风景。

有时，父亲会带着我，一起到枇杷树下翻番薯藤，除杂草。渴了，我们就顺手摘几颗枇杷，边吃边坐在枇杷树下歇息。路过的跟我相熟的小伙伴看到了，便会伸长脖子驻足张望，此时我会很自然地从树上挑几颗黄黄的枇杷，麻利地递给他们。随后，山路上就会洒下一串银铃般的笑声。父亲用赞许的目光看着我，布满皱纹的脸上，也会露出慈祥的笑容。

等到枇杷熟透的时候，我们就会一起出动上山摘枇杷。上树是我和父亲的专属，母亲则站在树下就近摘枇杷，同时负责传递竹篮。我学着父亲的样子将竹篮放在树枝分叉处，伸手摘取金黄的果子轻轻放入篮中。当手臂已经够不着时，两头有弯钩的竹扁担就派上用场了，一手握住一头，用另一头将缀满果子的树枝拉到身前，这样就可以尽情采摘了。可以说，这种经火烤后扭出弯钩的竹扁担就是采摘枇杷的神器了。对于一些全部都黄透的，有时我会整簇折下来，拿回家作为艺术品欣赏。

慢慢地，篮子里的枇杷越来越多，金灿灿的黄也渐渐漫过了竹篮边沿，直逼两边的竹篮把手。这时我便用竹扁担的一头勾住竹篮，将满满的金黄从枝干空隙悬下来。母亲稳稳地接过悬下来的竹篮，也接过了满满的收获的喜悦。

炽热的阳光从空中投射下来，树顶的几簇枇杷果通体透着炫目的金黄，在眼前散发出圈圈的诱人光晕，极力冲击着人的视觉。我精心挑选后从中摘下一个最黄的果子，慢慢剥开柔滑的表皮，一颗水灵灵的金黄果肉徐徐展现出自己曼妙的身姿，真像一尊巧夺天工的绝世玉雕。闭上眼睛，轻轻咬上一口，一股甜甜的汁水从果肉中流溢而出，迅速充盈满口，并慢慢传遍周身。此时，我已完全陶醉于由金黄筑起的诗意境界中了。

当带来的篮子全部盛满，篮面形成一个个漂亮的圆锥形之后，我们就用竹扁担挑起竹篮回家。我们每人挑着一担，装满黄枇杷的两只篮子沉甸甸的，压着竹扁担上下有节奏地晃动，就像两只灯笼在空中划着美妙的弧线。

回家的路上，会遇上正赶往地头干活的乡民，也会遇到在过道拉家常的叔伯婶们。每遇到一个人，父母亲都会热情地迎上前打招呼，将黄澄澄的枇杷分给乡亲们，直到他们每人两只手都握满了金黄，才会罢手。走着走着，还会引来一些围着竹篮团团转的邻家孩子。此时父母亲就会耐心地吩咐我，给这些孩子一人分一些。当我将竹篮轻轻放下时，这些孩子就伸出一只只嫩葱般的小手，从篮子里抓起几个金黄的枇杷，然后就像得到战利品一般，圆脸上现出深深的小酒窝，边吃着枇杷，边向家的方向迅速跑去。

平常只要几分钟就能到家的路，因为扁担上一篮篮金黄的存在而变得异常漫长。伴随着与家距离的一点一点缩短，肩上的担子也会慢慢地变轻。终于到家了，跨进大门，我们小心翼翼地将篮子放下来，然后将竹扁担靠在墙上。看着六个竹篮，原先六个漂亮的圆锥形早已消失不见，有几个还凹陷下去，形成了一个巨大的天眼形状。再看父亲和母亲，两人脸上找不到丝毫的不悦，而是一脸的坦然和舒心。

后来，村里重新分配自留地，那两块种着枇杷的地被以抓阄的方式轮转到了另一户村民家。那几天父亲话特别少，我看到他一天要到枇杷地转好几圈。

交地的那天，父亲一大早就叫上我来到地里。父亲先将枇杷树下的杂草一棵一棵仔细地锄去，放在地头，并细致地将树上的一些枯枝剪掉。然后我们父子俩就静静地坐在枇杷树下，阳光从树叶间投射下来，在树荫下留下斑斑驳驳的光影。待到杂草被太阳晒蔫后，我们麻利地将它们收集起来，分别压在六棵枇杷树的根部。父亲眼望着枇杷树，一句话也不说，仿佛在进行着庄严的告别仪式。做完这些，他才带着我下山回家，再也没有回头……

母亲与樱桃树

我家有两棵樱桃树，一棵种在屋前空地的边沿上，紧挨着村里的灌溉水渠，另一棵种在离家较远的番薯地里。在父母亲的精心管理下，门前的那棵已经有一些枝条横伸到了水渠上方，而番薯地里那棵，扎根于肥沃的熟土，长得更是高大稠密。

乍暖还寒时节，樱桃树开出满枝的繁花，早早便向人们发出春的气息。一树樱桃花，雪一般的晶莹，梦一般的迷人，引得蜜蜂们在此嗡嗡围转。春风就像柔软的丝巾，在树上轻轻滑过，地上现出了点点晶莹的芬芳。屋前的樱桃树下，不知从哪里钻出一群孩子，他们争相捡拾飘落的花瓣，聚拢之后，嘬起小嘴吹向手心，看着白色的花瓣轻轻跃出手掌，然后悠悠然飘向地面。

母亲从菜地里回来，看着孩子们在樱桃树下玩耍的样子，总会驻足停留一番，脸上带着慈祥的微笑。母亲近距离观看孩子们追花逐瓣，即使又有一些花瓣被小脑袋碰触掉落，也不忍心驱散他们。只是母亲不知道的是，此时这群孩子小脑袋里装的，早已不仅仅是眼前的花瓣，还有那一颗颗珍珠似的樱桃果。

初夏，霏霏细雨飘过，浓密的碧丛间藏起了串串心形的果实。在时间的酝酿中，樱桃果由青变黄，由黄变红。孩子们就像半路杀出的程咬金，他们可不会让樱桃果这么顺利地过渡到殷红的样子。他们如同找食的小麻雀，整日在树下来回转悠，时不时地伸出小手，摘取那几颗微微泛红的樱桃果，然后迫不及待地扔进嘴里。一番嚼动，酸水四溢，这些没有完全成熟的樱桃，在孩子们口中却也是甘之如饴。

阳光如同温柔的手掌，穿过枝叶的缝隙，轻轻抚摸在孩子们汗涔涔的小脸上，也在树底下摇曳起一堆斑驳的光影。这时，母亲洗完衣服循着石阶缓缓而上。孩子们发现了，惊恐地四散逃窜，躲进高高的柴垛后面，小心地探出脑袋张望。母亲踩着迷人的光影来到了樱桃树下，看着地上遗落的几颗微微泛红的樱桃果，朝着柴垛方向看了看，然后带着慈祥的微笑走进了房子。

原来是虚惊一场！孩子们又聚拢到树下，寻找着渐渐泛红的樱桃果。看着樱桃果好不容易红了却又迅速消失，我的脸也涨成了一个成熟的"樱桃果"，禁不住向母亲埋怨起来。听着我的埋怨，母亲只是用手指轻轻点点我的小红脸，笑着跟我说："几个孩子又能吃得了多少，再说番薯地里不是还有一棵吗？"

虽说我也知道番薯地里还有一棵，但两棵都归我们兄妹几个，不是更好吗？只是母亲既然不去管这些淘气的孩子，我也就没有什么办法，只能作罢。

因为母亲的放任，在樱桃果次第成熟的时节，每天都少不了会有几个孩子到樱桃树下转悠。虽然他们打着捉迷藏的幌子，但是傻子也知道他们心里惦记的是什么。在这些孩子的"努力"下，樱桃树上几乎很难找得到红透的果子，因为变红的速度实在跟不上孩子伸手的速度。

都说自家门前的果子最好管，可每一年，我们全家都很少能吃到屋前的樱桃果。不过幸好番薯地里的那棵樱桃树异常争气，点点朱实年年缀满枝头，因此樱桃彻底成熟的时节，我们兄妹几人也少不了大快朵颐的机会。那些红果颗颗圆润饱满，轻轻咬一口，甘泉般的汁水缓缓溢出，充盈口舌，沁入咽喉，直抵心田，回味无穷，使人欲罢不能。

屋前的樱桃树越长越大，伸到水渠上的枝条也越来越多，渐渐地在水渠上方形成了一片可观的浓荫。靠近房子的樱桃果，稍稍踮起脚尖便能够到，而水渠上方的果子，因为悬于水面让采摘充满了危险。也正因为不易采摘，所以也让浓荫间泛出了一片难得的殷红。这一簇簇果子，像极了晶莹剔透的玛瑙，它们充分吸收太阳的精华，散发着炫目的光束。这些光束又化成一根根诱人的红丝线，牵引着小馋猫们的心。

终于有一个抵挡不住诱惑的孩子，双手抓住柔嫩的枝条，试探着向前攀缘。无限地接近红果了，他迫不及待地腾出一只手去采摘，这时树枝受重改变发生晃动，惊慌之下他手一松掉进了水渠。人虽然没被冲走，但腿上蹭破了一大片皮。母亲得知后，急匆匆地给孩子送去红药水，为他擦敷完伤口后，才带着一脸的忧愁回到了家。

第二天，又有一个孩子没有禁受住诱惑，一点一点攀缘着树枝向前，结果"嘭"的一声整个人掉进了水渠，被冲出老远才艰难地爬上来。

这天晚上，母亲躺在床上辗转反侧，一夜没有入眠，不时小声地跟父亲在说着什么。

转天天蒙蒙亮，门口传来了一阵"笃笃"的声音，我以为是父亲在劈柴，就没在意。当我起床时，发现屋前突然变得开阔了，樱桃树早已安详地躺在了地上，边上还有一篮红色的樱桃果。母亲正招呼着那些淘气的孩子品尝，孩子们心知，从此自由采摘樱桃的好日子一去不复返了，便异常珍惜机会，争先恐后地抓着果子往嘴里塞，不时有汁水从嘴角流出。

看着这些腮帮鼓鼓的孩子，我一下子明白过来了，原来母亲是为了不让这群小馋猫出事，才忍痛让父亲把樱桃树砍了。也好，反正屋前的樱桃树即使不被砍了，我也吃不上几颗熟透的果子。这样想着，我的心里反而涌出一种莫名的开心。

不久，番薯地里的那棵樱桃树果子彻底成熟了。午后，我们全家出动前去采摘，最后带着满满两篮樱桃回到了家。刚跨进家门，母亲就将其中的一篮分成若干个小份。母亲这是干什么呢？我猜不透，难道是怕我们几个贪吃，一下子吃完？在我顾自猜想时，母亲将这些小份樱桃放进篮子，悄悄出了门。

傍晚时分，母亲带着一脸轻松回到了家，只是篮子里的樱桃早已不知所踪。后来我才知道，母亲将这一篮樱桃分给了那些淘气的孩子，好让他们解解馋。自此以后，每年樱桃成熟之后，母亲都会拿出一些分给那些孩子。

再后来，我们搬进了城里，剩下的那棵樱桃树，也因为少人管理，早已叶少果疏。如今，我要吃樱桃只需到家门口的水果店购买即可，不过每次回老家，我还总忘不了去看一看樱桃树，找一找儿时那些留存的回忆。

消逝的晒谷场

又一次回老家时，发现村口的晒谷场不见了，被一排高耸的楼房所取代。晒谷场曾经是村里的一个地标，如今在流经起落中远去了。

我们村最早的晒谷场是泥地、沙子地，家家相挨，户户相连。这样的晒谷场，需要宽大的竹簟席铺在上面才能晒谷子，因此平坦的晒谷场又被叫作簟基坦。

农忙时节，也是晒谷场最忙碌的时节。我们这些农家孩子会早早来到晒谷场，将卷起的竹簟席，扛到自家的位置。解开簟绳，用脚轻轻去蹬，竹簟席便听话地旋转开，就像在天地间展开一幅巨大的画卷。

父亲挑来稻谷，在竹簟席上倒下两个不规则的圆锥形。我则拿起形如猪八戒钉耙的谷耙梳晒。谷耙用竹竿连接，前面用木头制成，上下两边有规律地分布着两排耙齿。我先用疏的一边将成堆的谷子向四周摊开，圆锥形就慢慢变成了长方形，而厚度也在不断变薄。然后我用密的一边前后左右梳耙，直至谷粒全部均匀地摊晒在簟席上。

日头升起，挑着担子的大人们陆续前来，在晒谷场相遇，聊上几句农事后又急匆匆分开。晒谷场成了忙于农事的村民们的最佳交汇点，而一遇一分中，乡邻们也增进了彼此的感情。

正午时分，我们会戴上竹笠，扛上谷耙，到晒谷场翻谷。在前推后拉中，所有的谷子就被翻了一个遍，原先与簟席亲密接触的那面朝向了太阳。虽然顶着如火的烈日，但在花样变化中，翻谷也成了一件乐事。如果偶尔谁家有事来不了，我们也会很自然地把他家的谷子翻了，即使衬衣已经湿透贴在脊背上。因此，无论何时，谁都不用担心自家谷子会错过翻谷的黄金时间。

当太阳慢慢收起光芒时，便意味着晒谷场最热闹的场景就要上演了。我们一个个用扫帚顶着竹畚斗奔向晒谷场，畚斗在扫帚柄的驱动下，欢快地在空气中画着圈。搬开石块，拉住簟角用力往上掀，稻谷就像溯源的鱼儿纷纷向中间靠拢，拉完四个角，稻谷也自然聚成了一堆。双手推着畚斗冲进谷堆，犹如微型推土机开在竹簟上。在扫帚和畚斗的紧密合作下，所有的谷子都乖乖地进了箩筐。伙伴们相互合作，抓住箩筐的边沿，将还没晒干的稻谷晃晃悠悠地抬进晒谷场边上的公房内。

卷竹簟是个技术活，两个伙伴一边一个往相同方向卷，边卷边不时地用力往里拍竹簟，使竹簟能卷成最紧致的样子，就像一个空心的春卷。如果两个人不协调，竹簟就会一头粗一头细，此时那些小屁孩就会拍着手大叫："吹喇叭啰！吹喇叭啰！"系好簟绳后，将扎好的稻草盖在卷好的竹簟上，防止露水打湿。如果遇到天气不太好，则要将竹簟扛到屋檐下，斜靠在墙上。

最紧张的莫过于抢收谷子了。盛夏的午后天气是多变的，刚刚天上还挂着个红脸的"关公"，可能转眼就会跑出一个黑脸的张飞，也许是老天想要和我们上演一部《三国演义》吧！即使是一场空城计，我们也会在太阳没有彻底隐逃前去收稻谷，有谁愿意赌上家里精贵的粮食呢！此时，呼唤人们快来收谷的声音，化成嘹亮的山歌，飘向空旷的田野，飘向对面的茶山。

当雨点即将发出尖利的叫声，而还有谁家的稻谷依然躺在竹簟上时，我们会争先恐后地将扫帚和畚斗的组合开到他家。因此，即使天空一再和我们玩着三十六计，也很少有人家的稻谷和雨水亲密接触过。

天气晴好时节，晒谷进行曲便在晒谷场天天奏响，一张张竹簟席缓缓舒展，又慢慢收拢。一家的稻谷晒干，就会热情邀请别人晒到自家的晒场来，而且还会帮着一起晒、收。在晒谷场晒谷，成了维系邻里关系的一条无形纽带。

后来，水泥晒场代替了泥地晒场，除了晒谷的时间比原来节省以外，在泥地晒场上的一幕幕依旧在水泥晒场上演。晒谷场仍是农忙时村里最热闹的场所，人们在这里相遇又分开，分开又相遇。

再后来，水泥房顶的平房增多，各家的房前屋后也都得到了硬化，人们在家门口就能挥动谷耙晒谷了。渐渐地，到晒谷场晒谷的人家越来越少了，直至最后没有一户前来，晒谷场从繁华之地变成了异常清冷之所。

如今，晒谷场已彻底消失在我的视线中了，但，那一段美好的情感早已在我心中定格。

心头的刻度

.

　　刚刚犁过的水田，在午后的阳光下泛着迷人的白光。我和父亲将秧把一个一个抛向水田，它们在空中欢快地翻了几个跟头之后，以一个自由落体准确落到指定区域。不一会儿，秧把便均匀地撒在水田之中。

　　父亲拿起竹片制作的秧尺沿着田坎丈量，并做上标识。我和母亲一人抓住一根短木桩开始放秧绳，母亲站在田坎上，我边放边跨进水田往前走，直至对面田坎。我们拉紧秧绳，依着标识将木桩深深地插进田坎，秧绳便在茫茫的水田里拉出了一根直线。

　　我轻轻解开捆扎秧苗的稻秆，顺着这根线插秧，待一行插到尽头，则移动秧绳继续下一行的劳作。就这样，依托秧绳我画下了一根根笔直的绿线，将白茫茫的水田轻松地切分成了一垄垄。

　　父母亲则在秧绳和秧尺量出的一垄范围里插秧。他们弯腰弓背，边插秧边后退，秧苗就像调皮的绿精灵，依次跳脱手掌，飞快地坠入水田。不用比划，也不须前后瞄动，一排排秧苗自会均匀出列。插完一个秧把，就近捞起一个继续，而眼前早已织下了一张长方形的绿网。

　　绿网铺满水田之时，站在田坎上望去，一株株秧苗组成的绿色田垄，如同一排排正待检阅的士兵方阵，横平竖直异常齐整。回首整个插秧过程，我是凭着拉起的秧绳，才画下条条绿色的直线，而父母亲能织出连对角线都分明的水稻田，凭的是长年插秧累积在心头的距离刻度。

种芋时节，父亲带着我，挥动锄头先对芋田进行一番深耕。当所有的泥土都被翻了一遍之后，他迈开脚步在地坎边上走开来。在父亲心头，脚步就是他心中最好的丈量工具。

然后，父亲开始一行行地来回挖土，就像一台小型翻土机在芋田里奋力耕作。芋田在父亲的锄头下不断成行凹陷，成行隆起。无论是凹陷还是隆起，无一不是笔直地延伸向地坎尽头。芋株需水量大，凹陷部分将来就成为灌溉用的水沟，而隆起的一行行便成了芋床。芋床和水沟一高一低相互间隔均匀分布，在天地间铺开了一张奇妙的画卷。

父亲拎起锄头开始在隆起上挖坑，每次挥锄下去，轻轻挑开，就是一个芋穴。不消过多观察，在脚步的从容后退中，便自然定出了下一个芋穴的位置。我则将芋种从竹篮取出植入芋穴，然后用锄头挖土回填覆盖。

在农家有机肥和堰水的滋养下，高大的芋株一行行挺立，伸开宽大的芋叶展示着无穷的生命力。我不知道，父亲眼中的芋床还有芋株之间应该是多少的距离，因为父亲从没有带刻度尺丈量过。但看这些芋株，巨大的芋叶均能充分舒展，谁也不会妨碍到临近芋株，我想这应该就是最理想的距离吧！

插秧或是种芋，农家人干活就是这样，不消带着刻度分明的标尺，因为劳作的刻度就在他们的心头。人生亦如此，用心揣摩，把握住工作和生活的规则刻度，才能充满智慧地做好每一件事。

脱玉米

掰下来的玉米棒晾晒几天，就可以脱粒了。在老家，玉米是纯手工脱粒的。

月光如水的夜晚，全家聚在一起给玉米脱粒。那时，我们的木结构房子房檐是相通的，邻里看见了，都会主动聚拢过来。大家围坐在一个大大的圆圆的笸箩周围，场面如同过年过节一般，非常热闹。

父亲左手紧抓着玉米棒，右手握住一个铁制的玉米钻，从底部往上钻。只见玉米钻宛如一条游龙，奔走于玉米棒上，所过之处，玉米粒纷纷从玉米棒上脱落下来，如同顽皮的孩子，跳脱母亲的怀抱。一个玉米棒钻开几排，然后放在笸箩里，再钻下一个。

我们则抓起钻过的玉米棒，进行脱粒。没几下，我的小手便留下了红红的印，还传来隐隐的痛。难道玉米棒也学会了欺负小孩？我悄悄地瞄了一眼大人，只见他们手里握着一个光光的玉米芯，在满是金黄玉米粒的玉米棒上用力摩擦。因为钻出的几排留出了空隙，玉米粒被触碰之后就会一排一排地剥离，掉落在笸箩里。要不了几下，玉米棒就像被人拿刨子刨过一般，只剩下一个光光的玉米芯。

原来给玉米脱粒这件看似微不足道的农事，也是有着窍门的。我也有样学样，抓起一个玉米芯往玉米棒上摩擦，这次玉米棒不再欺小了，玉米粒也像听话的孩子争先恐后地离开玉米棒，进入了笸箩里。随着时间的推移，我的动作也越来越熟练了，一个钻过的玉米棒，不消多久就会变成光秃秃的玉米芯。

坐在笸箩旁，大家有说有笑，但是手上不会放慢速度。渐渐地，笸箩里的玉米粒愈来愈厚，地上的光玉米芯则越叠越高。

玉米脱粒进行曲还在演奏时，母亲会端出水煮的嫩玉米，分给笸箩周围的人们。嫩玉米上一颗颗玉米粒晶莹饱满，如同珍珠粒，又像鹅黄色的玉粒，味道甜甜的。大家有滋有味地嚼着嫩玉米，为玉米棒脱粒更是动力十足。

如果碰巧有风车扇出秕谷堆来，我们会将秕谷堆点燃，然后将嫩玉米埋入火堆中。不时有亮闪闪的火星从火堆中冒出来，飘上天空后又慢慢地消失，如同一颗颗流星在风中轻轻地划过。火候成熟了，我们迅速拿根玉米秆，从火堆中将玉米棒扒出来。原先嫩黄的玉米棒带上了些许的灰黑，用力吹去上面的灰土，只见玉米粒的外面有点微焦，而里面却完好无损。用手轻轻掰下一粒，咬一口，香甜中带着丝丝的焦味，别有一番风味。

一个晚上下来，一家几箩筐的玉米棒，在邻里的协作下就会全部脱粒完毕。第二天晚上则会轮到下一户人家，同一排房檐下的邻居从不会缺席，大家围坐在笸箩前，笑声在夜空中回荡。而不管在谁家，我们都会尝到嫩玉米或是煨玉米。悄然之间，玉米也成了维系邻里感情的良好纽带。

捉鱼记

爷爷捉鱼的方法很特别，那就是垒鱼窝。

夏天的早晨，天刚蒙蒙亮，爷爷就把睡眼蒙眬的我唤醒。我不停地揉着眼睛，一听说是捉鱼，立马睡意全消，屁颠屁颠地跟着出了门。我们沿着田埂一路向溪边走去，田里的禾苗翠色欲滴，叶片上点缀着一颗颗晶莹的小露珠，好像串起了闪亮的珍珠链。林间偶尔传来几声清脆的鸣叫，也许是早起的鸟儿在溜嗓子吧！

穿过一块一块不规则的农田，我们来到了小溪边。爷爷背着手，沿着溪边慢悠悠地踱着步，他目光如炬，不时地抬头观察，像在找寻宝藏。在一片河湾处，他停了下来，这里水流不是很急，溪水刚没膝盖，溪里布满了各种形状的大溪石。透过澄澈清冽的溪水，可以看到有的鱼儿停在石头上仿佛在巡视领地，有的从石头底下微微探出脑袋，有的如箭一般在石头间翕忽往来，还有的悠闲地游走于石头缝中。

爷爷根据河湾的地形，伸出手指，就像孙悟空的金箍棒，指向水面点画下等距离的三个虚圈，然后招呼我和小叔叔一起来垒鱼窝。

我们将衣袖卷到臂弯处，挽起裤管蹚入河中，凉盈盈的河水马上包围了小腿。我双手探入水中，将较大的一块溪石抱起。石头长期受溪水浸润，异常光滑，当它脱离小溪的怀抱后，附着于其上的溪水迅速汇到底部，然后又像顽皮的孩童纷纷跃入水中，与水面亲密接触之时演奏出清脆的乐音，在幽静的原野中静听就如天籁一般。

我们将石头往爷爷圈下的位置搬，一块一块小心翼翼地叠加，就像垒砌古老的石头迷宫一般。日出江花红胜火，东边的天空被灿烂的朝霞染红，水面也罩上了一层红色的光影，随着微波不停地跳跃，仿佛一点一点的火苗在灵动地闪烁。

渐渐地，周围的大石头越搬越少，鱼窝也慢慢成形了。爷爷走过来，对我们说："再挑拣一遍，千万不能给鱼儿留下可以躲藏的地方。"说完，就和我们一起仔细地将河中遗漏的几块石头拿起叠到石堆上。

看着三个鱼窝在粼粼微波中若隐若现，爷爷擦了擦额头上沁出的汗珠，露出了憨厚淳朴的笑容，双手背于身后，就领着我们大踏步地往回赶。

回到家中，我一刻也无法安宁，心里只念想着捉鱼的事，可爷爷总是用粗糙的大手抚摸着我的脑袋，说："别急，我们要让更多的鱼儿住到鱼窝中来，第三天再去，相信等待会带给我们更多收获。"

时间就像沙漏中的沙子，一颗一颗慢慢往下挪移，我都能清晰地感受到一分一秒走过的漫长身影。好不容易熬到第三天的傍晚，终于等到了爷爷发出出发的指令。

带上裁剪好的破草席、鱼桶和脚篓（一种用篾丝编成的篓筐），我们飞快地向着河边奔去。沿着弯弯曲曲的田坎，绕过一块块碧绿的菜畦和农田，不一会儿，就看见了三个鱼窝在水中忽隐忽现，我仿佛已经看到鱼儿正成群地躲在石头鱼窝中。

在岸边，我们将已加工成捕鱼工具的破草席摊开。草席因为中间破了个大洞无法再用，所以我们事先把它剪成两半，将破的部分剪齐，再用破布缝补使两截连成一溜长条。

爷爷拿着脚篓先下水，他根据水的流向，将脚篓放倒朝向鱼窝。我和叔叔则各自拉着草席的一端，蹑手蹑脚地下到水中，我们将草席沿着鱼窝的边沿围好，一直围到脚篓处。爷爷将草席的两端分别塞入脚篓的两边，一道密不透风的"围墙"建起来了，这下，除非鱼儿插上翅膀，不然绝无可能逃走。

我和叔叔先将鱼窝中的石头搬几块放到脚篓中，爷爷把它们搭成一个小型的鱼窝。然后我们再小心翼翼地将石头一块一块往"围墙"外搬，轻轻地放入水中，水面不时荡起阵阵涟漪，就像开出朵朵的水莲花。

鱼窝中的石头越来越少，可以看到鱼了。鱼儿可真多啊！有肚皮泛着银光的白鱼，有浑身布满红蓝条纹嘴边带有硬硬胡茬的"老倌鱼"，有腹部胖乎乎的"猪油鱼"，有嘴巴向下长得像个翻转的烟斗的"烟斗鱼"，有满身褐绿色光滑异常的"石磨鱼"，还有黑白相间的石斑鱼。

感受到危险来临，它们极度惊恐地挤在仅剩的几块石头下，嘴巴不停地张合着。不久，有几只"石磨鱼"像离弦之箭般勇敢地冲了出去，但碰到草席时犹如触电一般马上往回赶。"烟斗鱼"则稳扎稳打，游一段路就停下来观察一阵，直到前面无路可走才极不情愿地踏上归途。"猪油鱼"晃晃悠悠地寻找新窝，看见脚箩中的石块就迅速钻了进去。"老倌鱼"和白鱼在耐心地等待着，确认"猪油鱼"安然无恙后，有一部分也游进了新鱼窝。

当最后的一块石头移开之后，鱼儿彻底没有了遮盖物，瞬间就像炸了锅一般，一个个惊慌失措四散逃窜。在四处碰壁之后，大部分乖乖地钻进了脚箩。但还有一部分不愿束手就擒，准备负隅顽抗。我和叔叔慢慢地收拢草席，当收拢至脚箩时，鱼儿在经过一番垂死挣扎之后，看到大势已去，只能放弃抵抗略显不甘地进入脚箩。当所有的鱼儿都自投罗网之时，爷爷瞅准时机一把将脚箩竖起，这些鱼儿一下子全都成了瓮中之鳖。

我和叔叔轻手轻脚地将里面的石头拿开，然后将脚箩往岸边移，直到快靠岸了才将脚箩向上抬。这时，水马上汩汩地从脚箩四周向外冒，抬离水面之时，形成了蔚为壮观的环形瀑布流。当脚箩里的水变少之后，水流慢慢变成了一串串的珍珠线，碰触到水面，马上顽皮地跳跃开来，随后倏地消失得无影无踪。再看脚箩底，已然铺了厚厚的一层鱼，它们因失去水的保护，而不停地蹦来跳去，我们将它们捉起，小心翼翼地放入盛着水的鱼桶里。

接着我们如法炮制，去另外两个鱼窝捉鱼，不用说，又捉了好多的鱼。捉了三个鱼窝，得到半桶的鱼，它们有些伏在桶底，有些沿着桶壁慢慢地游动。我兴奋地数着水桶中个头较大的鱼，爷爷则掏出烟斗，往烟锅里装满烟丝，点上火，悠闲地抽了起来。

浇秧记忆

江南一带，四季温和，阳光充足，雨水丰沛，一年可以种两季水稻和一季麦子。早稻秧育在麦收后的水田里，晚稻秧由于早稻还在田里没有收割，所以另选旱地培育。

夏天时节，气温不断升高，几天不下雨也是常事。泥土中的水分因为太阳炙烤而变得干燥，秧苗历经一天的暴晒会发蔫，叶子竖着卷起，失去了原先的碧绿光泽，这就需要及时浇水。

浇秧一般选择在傍晚前后，太早，浇下的水被太阳烤热，会将秧苗灼伤；太晚，天黑看不清路容易滑倒。大人们通常要忙各种农活，因此浇秧这种较轻的活，自然就落在我们这些孩子身上。

每当太阳西斜，收起刺眼的光芒时，我们便互相邀约，三五成群地提着水桶、蒲瓢或勺子，穿过田间小路前去浇秧。

秧地在堤堰边上，堤堰由一块块稍大的溪石垒砌而成，堰底离堰顶大概有一人高。堤堰每隔一段距离就有几块长条石头伸出，形成一段台阶，每个人都会从离自家秧地最近的台阶下去舀水。堰水浅的时候到小腿处，深时刚没膝盖，如果稍浅时，我们会在水里横着放一排大石头，堰水受到阻挡就会升高。当然我们只是用石头阻挡一下，这样就不会妨碍下游的人舀水。

堰水异常清澈，间或有几根革命草（即水花生）、蓼草、野苎麻等从堤堰的石头缝中斜斜伸出。我将水桶放倒浸入堰水中，水流迅速汇入其中，用力提起时水面瞬间形成一个巨大的漩涡。水桶离开水面时，溢出的水沿着边缘往下，犹如一串串断了线的珍珠，滴滴答答地掉入堰水中，被水流一冲倏地消失得无影无踪。

我提着水桶噜噜噜地迈上台阶朝秧地赶，水桶里的水随着迈动的步伐轻轻地晃荡，不时会有一些不听话的水孩子跃出桶沿，化作点点珍珠洒在土路上，将干燥的尘土粘结成一颗颗小土粒。

提着水桶来到自家秧地尽头，小心翼翼地将桶放在田畦间的小路上，从里往外浇，这样每一次走的路程就会缩短。我拿过蒲瓢，舀满水，将瓢中的水泼向畦中的禾苗。水从瓢中泼出，由瓢沿出发划出一个不规则的扇面，洒向空中就仿佛一张水帘网从天而降，在阳光的照射下发出粼粼的白光。最后水珠纷纷落在禾苗上，又顺着叶子滴到地面上，原先干燥得有点发白的黄土，与水结合在一起后，就变成了深褐色。水一瓢接着一瓢泼出去，秧地上不断出现白色的水帘网，如同经验丰富的渔民不断抛撒出的渔网，阳光下直晃人的眼。

浇秧必须将泥土浇透，一桶水顶多能浇一张八仙桌大小的秧地。桶中的水浇完之后，再顺着原路返回下到堰底舀水。

浇秧的人不断增多，在堤堰和秧地间来来往往，犹如穿梭一般，嬉戏声和欢笑声在秧地间回荡。有些一次提着一个水桶，身体被沉重的水桶牵引着向一边倾斜，晃晃悠悠地往秧地走。有些力气大的同时提两个水桶，就如同提着两个灯笼一般，往秧地飞奔，洒下一路的珍珠链。随着来回提水次数的增多，小路也变得泥泞起来，有一些光顾着飞跑的，脚底一打滑就会落个人仰桶翻，田野中立刻回荡起一阵畅快的笑声。

有些丢开蒲瓢直接用手泼，水流从桶中高高跃起，如同一条水龙冲向秧苗，瞬间就像一阵暴雨倾泻而下，秧苗被冲弯了腰后又顽强地挺直回来。桶里的水浅些时水就容易撞到桶壁折向人身，几桶水泼下来，身上也几乎找不到一处干的地方了。

秧地边上的草丛中有时会蹦出一两只蚂蚱，蚂蚱通身绿色，一对后足特别粗壮。我们看到后会伸开双手，猛扑上去试图抓住它。可是蚂蚱后脚一蹬，迅速蹦到一米开外，用一对仿佛带着玻璃罩一样的眼睛盯着你的一举一动，令人很难捉到它。当然耐心的我们还是偶尔能捉到一两只，在蚂蚱放松警惕时，双手合拢向下摊开极速下扑，在它准备用力蹬开后足闪躲之前，便以泰山压顶之势将其按倒在地上。

体型较小的蚂蚱，头上的触角就像两根天线，被抓住后特别老实，我们一般把玩几下就会放掉。体型较大的蚂蚱，腹部软软的，一对后足坚硬异常，足上还有一排锯齿，挣扎起来特别有力。我们偶尔会将它带回家，用绳子系住后足，再将绳子的另一头系在竹椅腿上，任它蹦蹦跳跳。等到它蹦累了，才把它放掉。

有些人家秧地就在堤堰顶上，便将田畦间的小路两头用石头和泥土堵住，并用塑料布封死，然后卷起裤腿站在堰水中，用桶舀水奋力举高倒入小路中，水顺着往前流，边流边不断被干燥的泥土大口吮吸，一桶水下去，没流多远就只剩下了一段水印子。随着水一桶一桶下去，水流慢慢向前推移，直到延伸至尽头又如同遇墙的浪头往回涌。渐渐地，水越积越多，小路也就成了一条水路。

水越积越深，微波一层一层荡漾开去，大有水漫金山之势。等到快要与田畦一样高时，他们就上到秧地直接拿勺泼水，水迅速在空中划出一道美妙的抛物线，随后纷纷落入田畦中，挂在秧苗上，渗入泥土里。

等到浅到舀不起水时，再下堰重新舀水灌入小路。这样的浇秧方式可以省去一次次提桶往返取水的时间，大家也为自己的聪明之举而暗暗得意。

秧地全部浇湿后，我们就收拾工具准备回家。此时原先发蔫打卷的秧苗，得到清凉的堰水滋润，已经慢慢舒展开了叶子，一片绿意又焕发出浓浓的生机，在晚霞的映衬下显出迷人的风采。

随着浇秧次数的增多，我们也学会了合作。三四家一起，一人专门站在堰水中舀水，并将装满水的水桶递到堰顶，其他人纷纷提水去到秧地浇水，浇完一家再浇另一家。合作浇秧节省了不少的时间，也拉近了彼此的距离，偶尔谁家因为有事耽搁了，我们也会很自然地把他家的秧浇了。

浇秧成了每天傍晚秧地上的一道靓丽风景，每当晚霞像熊熊燃烧的火焰染红天空，为秧苗涂抹上一层绚烂的色彩时，我们也提着水桶，拿着蒲瓢，欢快地踏上了归家的小路。

秧苗在我们的细心浇灌下茁壮成长，远远望去，整片秧地都被浓密的绿意所包围。晚风吹来，秧地里掀起层层翻滚的绿浪，向人们展现着秧苗无限的生机。

萤火虫

黑黑的夜空低垂，亮亮的繁星相随。夏夜，我与友人外出散步，刚至郊外，马上便被眼前的景象所吸引。只见一个个小精灵，提着绿色的小灯笼，在草尖上，在林木下，款款而飞，盈盈而舞。它们身姿翩跹，在我眼前织起一张迷人的绿网。地上千点流萤戏青波，天上万颗繁星绕明月，构成了一幅奇幻的画面，我不由沉醉其中。

萤火虫仿佛天然可以入诗，"银烛秋光冷画屏，轻罗小扇扑流萤"，杜牧的《七夕》中就出现了萤火虫。诗句将我带入了一个空旷的宫殿，眼前宫女们轻轻地舞动手中的小扇，她们扑打流萤，透出的是无尽的寂寥，而扑打流萤，成了她们驱赶心中孤独的最好办法。

小的时候，我非常喜欢去捕捉萤火虫，只是我怀着的是满满的兴奋，丝毫没有宫女那无尽的寂寞。幽静的夜晚，我迈着轻盈的脚步，一踏入溪滩边的柳树林，便可见一个个发着绿光的小精灵，正在夜空中尽情自由飞舞。这些熠熠生辉的萤火虫，让我从小就充分感受到了大自然的神奇魅力。我循着绿光追逐，渐渐地，我们无比贴近了，已经能闻到它们特有的气息了。我伸出小手，照着最近的一点绿光扑去，然后五指迅速合拢，说来也巧，这样的合拢往往都能换来喜悦的收获。

轻轻摊开手指，掌心中出现了一个异常可爱的小精灵，它翅膀微微翕动，尾部发着美丽的绿光。只是如果你光专注于欣赏，那么它就会马上扇动翅膀重新加入绿网中，因此抓到一只萤火虫，我便会将它放入玻璃瓶中。慢慢地，瓶子里的萤火虫越来越多，绿光的不断叠加，也让玻璃瓶子成了一个能发光的器皿。虽然这萤火之光和灯光比起来是那么微不足道，但至少也能照亮眼前的一寸光景。

随着年龄渐长，我读到了成语故事《囊萤夜读》，那是一个与萤火虫有关的励志故事。晋代的车胤家境贫寒，为了能省下夜晚读书所费的油灯钱，每到夏天他便会捕捉来许多萤火虫，放入白丝绸做成的透光的囊中，借助萤火虫发出的光夜读。我想，也许连这些小小的生灵都被车胤的好学感动了吧！囊中的它们尽着自己最大的努力，合力拼凑出亮光，照亮了书本上的文字，也照亮了车胤光明的前途。最后，勤奋的车胤成了一位博学多才的人，成了朝廷重臣。我觉得，在车胤的成才路上，萤火虫们也应该有不可磨灭的一份推送之功。

当然，围绕着萤火虫的也不全是励志故事。在一个繁花似锦的五月，隋炀帝杨广居于东都洛阳，突发奇想之下他命人从各地捉来萤火虫，在天色暗下来时一起放出来，一时之间景华宫周围荧光闪烁，形成了一道浪漫的奇观。齐放萤火虫，让隋炀帝心情大好，可一味沉迷于享受的他，最后自然也迎来了失去大好江山的结局，只可惜萤火虫却无辜地成了隋炀帝昏聩生活的一个注脚。

　　随着钢筋水泥森林的不断崛起，城市中更多的地块被冰冷的高大建筑所占领，因此在好多地方，萤火虫慢慢消失在人们的视线之中，只能以一个浪漫的名字，保留于美好的童年记忆中了。于是，我很庆幸，至少我还能在小时候居住的小村里，可以看到萤火虫提着绿色的小灯笼自由地飞舞。

　　再后来从《礼记·月令》中，我看到了这样的记载，说萤火虫为腐草化成，它虽生于沼泽，看似低贱却生性清洁。因此我知道了萤火虫是环境优劣的最好试剂，也是生态保护的指示物种。萤火虫喜欢栖息于沾着露珠的草叶之上，它不苟于不洁，污染严重的地方，就不会有它的踪迹。

　　如今，绿色发展理念早已深入人心，环境治理得以深入推进，我们呼吸的空气负氧离子不断增多，更多的溪水在重新变清。城市中，间隔不远就会出现一个休闲公园，也能轻松找到一块绿地。乡村里，花园式的美丽庭院一个个冒了出来，深幽的小径也随处可见。碧绿的溪水边，锻炼和游览两用的绿道在不断延伸。萤火虫仿佛得到了讯息一般，又慢慢地回来了，而我也不用再驱车远赴乡下，因为在城市边缘，甚至在城市中有时也能找到这种小精灵了。

蝉　鸣

　　正值夏夜，推开窗户，一片树影婆娑，伴随着清风扑面而来的，还有阵阵的蝉鸣。知了、嘛叽嘹、黑老哇哇，在昆虫家族中，蝉是名称较多的一种。而它的幼虫名称更多，爬爬、爬拉猴、蝉猴、知了猴、结了猴、肉牛、结了龟、神仙、蝉龟，不胜枚举。

　　晚风习习，驱赶走了夏夜的闷热，给我的房间注入了满满的清凉。蝉鸣从树梢间轻轻掠起，像清风拂过水面，婉转成一泓清亮的乐音，源源不断传入耳中，让人倍觉清爽。我静静地立于窗边，满怀愉悦地欣赏着这天籁般的清音，如同虔诚的信徒静听着入耳的梵音。

　　静听蝉音，我不仅生发出一个想法，是不是在每个人的耳中，蝉鸣都是如此清亮悦耳呢？

　　我知道，至少在雍正眼中，蝉就是一个不折不扣的吵闹邻居，午间清梦的搅局者。雍正皇帝还是皇子时，府邸树木苍劲，每逢盛夏，居于树上的雄蝉，便会竭力振动腹部的鼓膜发出声音。刺耳的蝉鸣犹如一把把锋利的尖刀，穿过高大的殿墙，直钻雍正耳鼓，成了无休无止的鼓噪。为了不让蝉搅了自己的午觉，喜静畏暑的他专门设立了粘杆处，让人操杆捕蝉，消除鸣蝉的强大噪音。只是随着时间的推移，粘杆处后来却演变成了与蝉无关的特务机关。

在初唐四杰之一的骆宾王听来，这蝉音又是另一番景象。其时，在长安城的一座监狱中，高墙外道劲的古槐树上，飘出了阵阵蝉鸣，飘入了狱中囚徒骆宾王的耳中。失路艰虞，遭时徽纆，身陷图圄的骆宾王，被这蝉鸣勾起心中的幽怨，他对自己的处境深感唏嘘。秋蝉高唱，触耳惊心，他不禁写下了这样一首悲愤的诗——《在狱咏蝉》：

> 西陆蝉声唱，南冠客思侵。
> 不堪玄鬓影，来对白头吟。
> 露重飞难进，风多响易沉。
> 无人信高洁，谁为表予心。

让我敬佩的是，骆宾王虽闻蝉鸣生悲感，然却能引蝉自喻，赞誉蝉高居枝头，宁饮坠露也要保持韵姿的美德，蝉自然也成了他最佳的人格化身。

画面翻转，我们将时空转到北宋时期都城汴京的郊外。一个骤雨初歇的夜晚，帐幕中的柳永一杯一杯地饮酒，仕途失意，和恋人即将分离，让他心情抑郁。破碎的月影下，他与爱人执手相看泪眼，满眼的恋恋不舍。此时，树梢间的蝉音传出，满耳皆是浓浓的凄凉和不合时宜的急促。蝉影茕茕，柳叶瑟瑟，离愁别恨、仕途惆怅交织，在词人心头萦绕，全都化作了满怀的愁绪。

　　明月别枝惊鹊，清风半夜鸣蝉。在一个月明风清的夜晚，受排挤罢官在上饶隐居的大文豪辛弃疾，独自外出赏景。路过黄沙岭时，漫村遍野的稻花香和着蛙声扑面而来，一片丰收在望的景象在词人眼前铺展开来。摇曳的枝叶间，蝉鸣响起，而在词人听来，此时这蝉鸣不再是扰人的嘶鸣，而是那么的清幽，那么的令人陶醉。

　　同样的蝉鸣，为什么听在不同人的耳中，却有不同的感觉呢？我想这也许与各自不同的心境有关吧！

悠悠茶香

我们村里有一座茶山，我家按人口数量分得了一片茶园。秋冬两季休养生息后，一经春雨浇灌，茶叶便簌簌地抽出翠绿的春梢，在茶树顶上现出一片诱人的绿。

天还没放亮，母亲就会挎起装着袋子的竹篮出门。周末时节，我也会斜挎一个口小肚大的竹扁篓，屁颠屁颠地跟在母亲后面上茶山一起采摘茶叶。

茶树每日与阳光和新鲜空气相伴，一年四季皆是绿色。它们一垄一垄地排列，从山脚一直伸展到山顶，远远望去，茶山被一条条的绿玉带所包围。侧着身子挤进间距极窄的茶垄，瞬间就会从浓密高大的茶树上抖落下点点晶莹的露珠。

不同时节，茶叶采摘的要求亦不同。明前茶，就摘一个尖尖的芽头，而夏茶，采的则是三四片尽情舒展的丰腴叶芽。在母亲眼里，采茶是一件异常神圣的事，她郑重地嘱咐我，千万不能用指甲去掐嫩芽，这样会弄疼茶叶的。多年以后我才知道，母亲其实是怕指甲掐下的茶叶，炒起来叶蒂会出现异色。

母亲伸手摸住芽头或叶芽，轻轻一拉一折，柔嫩的茶芽便顺着滑入手中。待到凑成一把之后，它们又欢快地跃入竹篮。不一会儿工夫，母亲的竹篮底便摊开了一层厚厚的晃人的绿。我也尽力伸展手臂，在茶树上细细寻找嫩芽，小心翼翼地采下之后放入竹扁篓之中。

母亲采茶手法轻盈，就像在茶树上弹奏一首活泼欢快的乐曲，虽然她从不曾学过音律。由于与茶叶亲密接触，母亲采完茶的手便带上了悠悠的茶香，这茶香也飘出了我们兄弟姐妹仨的学费。

采茶最辛苦的要数盛夏了。九点半之后，日头便是毒辣辣的，如同一个烧红的燃气罐高高悬挂在天空中。因此十点之后，茶山上的人们便陆陆续续回家了，躲避这个仿佛随时都会爆炸的火球。

那年我考上师范，每年的生活费使父母肩上的担子愈发沉重。每年暑假回家，我也会提着竹篮跟在母亲后头上山采茶，但是每次当太阳露出狰狞的面孔时，母亲便会以不容置疑的口吻命令我回家。

晌午时分，母亲还是没有回家，我便盛上稀粥，带上咸菜和萝卜条上茶山。烈日下，穿着粗布衬衫的一道人影，正在茶垄间埋头采摘茶叶。她那掩盖在竹笠下的脸被烤得通红，汗水顺着头发流下脸颊，掉入泥土，渗入茶根。母亲接过稀粥，就像久行在沙漠中的旅人接过水，仰起脖子咕咚咕咚喝了几口，然后拿起筷子就着咸菜津津有味地吃起来。

喝完粥，母亲又以不容商量的口吻命令我马上回家。就这样，在母亲的凝视下，我退出了茶山，而她则选择顶着烈日留在这个"战场"，继续"战斗"。

有时为了能多卖几个钱，父母也会自己炒茶。

春茶芽小，直接在锅里炒制成形。晚上，母亲坐在灶膛前负责烧火，父亲则站在灶台前专心炒制。母亲小心地控制着火候，如果火苗过大，便迅速用火锹把它盖住；快熄灭时，则会适时把吹火筒伸入黑魆魆的灶膛，将火稍稍吹旺。父亲轻轻把经过摊放的春茶撒入锅中，然后用粗糙的大手从锅底捞起茶叶，手心向上，五指微微张开轻轻抖动，茶叶纷纷滑出手掌，重新跃入锅底。

这样反复捞、抖，水分七八分干后，收起摊放在圆竹匾上，换下一锅茶叶来炒。待全部杀青后，再回锅炒制。此时父亲手法就会多变起来，抓、推、磨、压、揉，茶叶仿佛变身成了乖乖的绿精灵，在父亲的手掌和手指尖不停转换游走。叶子和芽抱得越来越紧，也渐渐挺起了直直的脊梁。最后干燥成形的嫩绿茶叶，被父母像呵护婴儿般，倍加小心地放入竹匾冷却。

茶叶炒制结束，往往已经夜深人静，连敬业的狗儿都已进入梦乡。父亲用炒过茶的大手轻轻摇醒趴在饭桌小睡的我，瞬间便有悠悠的茶香从厚实的手上传来。我伸个懒腰呼吸一口气，空气中也弥漫着一股悠悠的茶香。

炒夏茶则是午饭时间。我负责烧火，母亲将叶片肥硕的茶叶倒入锅中，树杈做的铲子上下翻飞铲动，然后用畚斗快速盛起。父亲接过畚斗端出家门，将茶叶一团一团放在特制的水泥台上，顺时针或逆时针挪搓着，绿色的茶浆从父亲的手指间汩汩沁出。挪搓完毕后，父亲一把一把抓起茶叶，手指熟练地抖动着，将茶叶均匀地摊晒到竹簟席上。

母亲用笤帚将锅刷洗干净之后，便开始烧午饭。揭开锅盖，将饭从炒过茶叶的锅里盛到碗中，轻轻嚼动，饭里也带着悠悠的茶香。

母亲说，茶树是有灵性的，它给了全家极大的馈赠，我们一定要懂得感恩。所以每年冬天，母亲都会催着父亲按时给茶叶施上茶肥。而在茶肥的滋养下，每年我家的茶园都显现着迷人的绿意，也源源不断地为家庭提供着收入。

我们村的茶山每五年重新分一次，因为下一年也许这些茶就会分给别人家，所以有少许村民在第五年就不再施肥了。但父母亲却还是如同与茶树有过约定一般，一样的时间，一样的数量，虔诚地为每一株茶树施上茶肥。每次施肥以后，父母都是一身的轻松，一脸的喜悦。

站在茶山上，习习山风拂面，层层绿意荡漾。望着自家的那片茶园，站在父母边上的我，仿佛看到了茶肥滋养下的茶树，正在簌簌地抽着嫩芽，仿佛闻到了空气中飘荡着的悠悠茶香。这茶香那么鲜活，那么诱人！

如今，母亲已随我在城里居住，她也不用再为生计而在茶园忙碌了。但每次回老家，她总是会驻足望望那座绿意葱茏的茶山，那片生机盎然的茶园，因为那里有她眷恋的悠悠茶香……

小电珠的光芒

小学三年级时，父亲将我从村小送到镇上读书，因此，每天上下学我总是形单影只的。四年级时，学校开设了夜自修，夜读回家便成了对我的考验。

那时，黑是乡村夜晚的主色调。集镇区还有星星点点的光亮，出了集镇，我便如扎入黑幕的离群之雁，被无边的黑暗所吞没。此时，父亲给我配的手电筒，就成了我夜读回家的唯一依靠。

开关前推，小电珠的光亮在电筒罩的聚合下，形成了一道不容小觑的光束，照亮前方的道路。沿着乡间小路，我往家的方向快步行走。

沿途的庄稼就像玩着川剧变脸，不再如白天那般亲切可人。玉米秆子如同面目狰狞的恶汉，番薯藤好似章鱼精的腕足，伸出路面绊向我的小脚。这片长长的庄稼地，为这趟夜路涂抹上了浓浓的恐怖色彩。

也许是怕我一个人回家害怕，只要厂里不加班，又没有农事牵绊，父亲便会在庄稼地的起始处等我。每次当电筒光芒中现出那张慈祥的脸时，我高高悬着的心才会重新得到安放。

有一次，夜自修放学后，我提上手电筒回家。轻轻推上开关，电筒却没有如约发出那道光芒，原来小电珠的钨丝烧坏了。

借着集镇的光亮，我尚能依稀看清道路。一出集镇，黑黢黢的一张大幕从天而降迅速将我包围。我借着白天对路的记忆，本能地摸索着前进。凭感觉那块庄稼地应该快要到了，此时我的心提到了嗓子眼，"怦怦"的心跳声化成了鼓槌敲击的声音，那"鼓声"在暗夜中无限放大。

我与黑夜进行着激烈的拉锯战，而我已经到了被击溃的临界点。此时，黑暗中传来了一声亲切的呼唤，这声音对我来说最熟悉不过了。父亲接过电筒，从兜里掏出一颗小电珠进行更换，旋即电筒重新发出强烈的光芒。

父亲怎么会知道我的电珠会烧坏，而带着新电珠更换呢？后来我才知晓，其实接我的晚上，他都会揣一颗电珠在兜里，以便急需时派上用场。

几年夜读生活下来，我的胆量也得到了锻炼。父亲在镇里的农机厂上班，有时厂里出货急，夜里也要加班。遇到父亲加班的夜晚，只要没有学习任务，我也会怀揣小电珠，打着手电去迎他。次数多了，地点也慢慢往前挪移，直至庄稼地的起始处。

黑幕不再狰狞可怖，此时它的黑显现着一种深沉的美。玉米秆子就像正待检阅的士兵，威武挺立。番薯伸着柔软的藤条，仿佛青衣甩出的水袖。蛐蛐的叫声，和着蛙鸣，奏响了一曲乡村演唱会，我被眼前的这一切所陶醉。

小电珠的光芒中，父亲大步流星地跨过来，而我则迫不及待地迎上前去。每一次，父亲都会伸出那双布满老茧的大手，搂着我一起踏上回家的路程。

　　虽然后来小电珠一次都没有派上用场，但不管是在父亲的衣兜，还是在我的衣兜，我仿佛都能感受到它发出的那束耀眼的光芒。这光芒异常明亮，异常温暖。

麦脸中的时代印痕

到饭馆吃饭，一道"童年回忆"的菜名令我充满遐想，端上来一看，原来竟是麦脸。麦脸是仙居的一种农家小吃，在我们家乡，"脸"读去声，意思与"片"相近，因此得名。

蒸麦脸不像蒸馒头那么复杂，而且还能主食和烧菜同时进行。番薯面和萝卜片、青菜，或是豆角，炖在柴火锅中。发好的面团在小面板上充分揉搓，压成方形的一片一片，然后贴在热锅上。水蒸气和热锅的双重作用下，麦脸慢慢变熟，而紧贴热锅的一面慢慢变硬，火候掌握得好，还会变得微微的焦黄。

掀开锅盖，轻轻拍一拍麦脸，如果有着超强的弹力，就说明已经熟透。起锅了，金黄的麦脸盛在白色的瓷盆里，散发着诱人的麦面香，加上青菜或豆角的绿、萝卜片的白，浓浓的番薯面香，构成了农家特有的美味。轻轻咬一口，淡淡的甜香和温润的面味在齿间环绕。

在粮食匮乏的年代，面粉在南方尤为珍贵，麦脸更多是以玉米、高粱等粗粮做主料。与面粉相比，粗粮做的麦脸入口显得异常粗糙。而炖在锅中的往往是清煮的土豆、番薯和南瓜，粗粮和粗粮简单叠加，无法带来味觉冲击。因此，生涩和难以下咽，是我对儿时粗粮麦脸的味道记忆。

粗粮归粗粮，玉米、高粱麦脸对于从小苦到大的父母来说，也是将自己从稀饭、番薯轮回中跳脱出来的绝佳选择。他们夹起麦脸就着土豆、番薯，大快朵颐地吃了起来。即使日子艰辛，你也无法从他们脸上找到丝毫的埋怨，岁月可以烙下艰难的印痕，但摧不垮勤劳乐观的农家人。

粮食产量增多，能吃上面粉麦脸的机会也多了起来。但由于白糖稀缺，无法让麦脸带上梦幻的甜味，偶尔加点糖精，却又是一种涩涩的甜。清淡寡味的麦脸，显然也缺少足够的冲击力，但这难不倒心灵手巧的农家人。他们将番薯制成番薯面，番薯面炖青菜或炖萝卜片作为配菜，最大程度上缓解了这一难题。

当然，在吃法上我们也有自己的创意。将麦脸软的一面小心翼翼地掰开，将配菜填入其中；或将配菜平摊在麦脸上，与吃披萨颇为神似，只不过那时我还不知披萨为何物。有时，母亲还会变着法地做出新花样，将麦脸的两边都烤成焦黄。我们用嘴"吧嗒吧嗒"地咬着两面焦黄的麦脸，别有一番滋味。

随着生活水平的提高，悄然间，白糖也加盟了麦脸家族。面粉加上白糖蒸成的麦脸，带上了更多的诱人味道。即使没有配菜，一片香甜的麦脸也能轻松入肚。

如今，麦脸已从普通农家的灶头，跃入了特色土菜的行列。招待客人时点上一份家烧麦脸，既能吸引食客眼球，也是诚挚待客的体现。

跟随社会前行的脚步，麦脸的食材和吃法不断变化，这变化也折射出了时代向前迈进的印痕。

乡村夏夜交响曲

在收割机还没有完全入侵的年代，每到农忙时节，稻田中人头攒动，总会看到一片忙碌的景象：挥动镰刀割稻的，甩稻把打稻的，捆扎稻秆的……

由于父亲白天在镇里的农机厂上班，而稻桶等物件庞大且笨重，母亲和我们几个无法背到田里，因此我家的农忙要稍晚些到来。当别人家的稻子一排一排倒下，又变成竖起的一个个稻草把子时，我家的稻田往往出奇的安静。

但是一到晚上，我家的稻田便会迎来另一番景象。刚吃完晚饭，父亲就背起稻桶招呼我们割稻去，母亲挑起箩筐，我们兄妹几个捎上镰刀，分别背上竹簟、稻梯紧紧跟在后边。此时，白天的暑气已经随着夜晚的来临慢慢消退了，丝丝的晚风带来了阵阵的凉意，月亮也伴随着我们的脚步，慢慢升上来了。

"嚓嚓嚓"，那是镰刀飞舞接触稻秆发出的声音。镰刀顺着稻秆根部划过一道美妙的弧线，一簇带着沉甸甸的稻子的稻秆，便干脆利落地应声离开了泥土的怀抱。几个弧线划过，稻秆也由一簇一簇凑成了一把一把，进入我们的手中，随后又互相交错叠成了一堆一堆，整齐地码放于稻田间，码出了迷人的喜悦图形。

"咚咚咚"，在稻堆越叠越多之时，父亲便停下飞舞的镰刀，将竹簟席竖插在稻桶边缘，只留一个打稻的口子，再将稻梯放在桶中。然后，他双手抓起一大把稻秆，高高举过头顶，将带着稻子的部分狠狠地甩在稻梯上。"嘭"的一声，稻谷就像调皮的精灵，欢快地四处跳跃，直到碰到竹簟席之后，才又乖乖地钻进稻桶。

"嚓嚓嚓"，在母亲的带领下，我们几个站成一排，弯腰挥动镰刀有节奏地向前割稻。稻秆一大片一大片不断应声倒下，码成一堆一堆，然后又进入父亲手中，甩打之后剩下稻秆躺在稻桶两边。

月亮越升越高，清凉的月光从半空里倾泻下来，洒在金黄的稻田里，皎洁的白和饱满的黄交融，在眼前勾勒出一幅美丽的丰收画面。不知何时，青蛙出来了，它们鼓胀着肚皮，发出"呱呱"的蛙鸣。田中一些不知名的虫儿，也唱起小曲为青蛙伴奏。河边的柳树上，传来了知了的叫声，也许是听到嘹亮的蛙鸣后不甘示弱，发出悦耳的鸣叫，要与青蛙一较高下吧！

月夜之下，"嚓嚓"的割稻声，"嘭嘭"的打稻声，此起彼伏的蛙鸣声，以及知了的欢唱声，它们组成了一曲优美的乡村夜晚交响曲。

一夜过后，再去看我家的这垄稻田，就只剩下了一个个稻株头摆出的独特图案，仿佛在讲述着昨晚那紧张而又欢快的收割场面。待到第二夜，我们再转战另一垄稻田，连续奋战几个夜晚，属于我家的稻子便都晒到了竹簟席上。

家搬进城后，这样的交响曲我便极少有机会欣赏到了，但那

月夜下独特的画面，时常浮现在眼前；那美妙动听的声音，时常
萦绕在耳畔。在我心中，乡村夏天的夜晚是迷人的，夏夜收割的
声音更是美妙的。

野胡葱

　　去乡下桃园游玩，主人为我们准备了丰盛的山里菜，桌子摆在几棵桃树间，天高地阔别有一番风趣。为了提鲜，女主人还特意去采了野胡葱，野胡葱炒鸡蛋端上来，整个桃园都被馋人的香气所包围。

　　野胡葱不但可以入菜，还可以入药，这我很小的时候就知道。

　　村外溪滩边的石坝，是通往镇里最近的一条小径，当然也就成了我们上下学的首选之路。大坝外边长满了各种知名或不知名的植物，走在坝体上就像走进了一座小型的博览园。在众多的植物中，野胡葱个子不算高，掩藏在蒿草和芒秆等蓬草类植物中，很不起眼。虽然不是木本茎，但就是这一根根柔嫩的草本茎，也呼啦啦挺起了笔直的脊梁。

　　镇上有一家药材收购点，每天上下学我都会经过。收购点的门前挂着一张牌子，上面标着各种药材的名称和收购价格，我发现其中居然有野胡葱。看到野胡葱这三个字，我的小脑袋顿时就活络开了：野胡葱，石坝边上不就有吗？我何不去采集一些来卖呢？

第一天由于没带工具，结果我把手都刨脱皮了也没挖到几个块茎。第二天上学时，我特意带上了一把小锄头和一个袋子，等到放学回家的时候，就在石坝边上顺便挖一些野胡葱。野胡葱的嫩茎是不能卖的，只有块茎才有人收购，所以找到野胡葱后，我就会用小锄头小心翼翼地挖掘，寻找块茎。

沿着嫩茎的周边，轻轻掘开土地，一股泥土的特有芳香，从翻开的缝隙悠悠传出。挖了几锄之后，散落于泥土中的块茎，便渐渐露出了迷人的面容。挖开野胡葱，除了根部上有一颗稍大的块茎，边上还会散落众多的小块茎。说是块茎，其实也不是马铃薯似的块状，而是颗粒状的，通体透亮，如同晶莹的珍珠。我如获至宝，将这些珍珠似的葱球，一颗一颗捡起来，剔除掉粘在上面的泥土后，放进带来的袋子里。

挖开一棵野胡葱，就能得到十几甚至几十粒小葱球。挖完一棵，我再去寻找下一个挖掘目标。当然，我也不会忘了时间，一天就挖几棵，然后马上收手回家，因为在这里逗留时间长了，父母就会误以为我留学了。回家之后，我马上找来竹帘子，把葱球摊晒开来。

就这样，在野胡葱结出块茎的时节，我几乎每天都会去挖野胡葱，然后将收集到的葱球带回家。一个月下来，挖下的葱球越积越多，待到全部摊晒好，我就用袋子装起来，背到药材收购点售卖。没想到，居然得到了一笔在我看来比较可观的收入。

这是我生平第一次用自己的劳动换来了钱，心里说不出的兴奋。我将它交给母亲，母亲慈祥地摸了摸我的小脑袋，笑着让我拿去买文具。得到母亲的许可，我马上化身成一只小鸟，"飞"

向镇上的文具店。

　　拿着野胡葱换来的文具走在石坝上，那一根根昂首挺立的嫩茎再次映入眼帘，此刻，我感觉分外的亲热。

晒　冬

　　好多地方都有晒冬的习俗，在我们这一带也流传已久。入冬时节，阳光如同温软的棉花，将大地柔和地包裹于其间。在农家，晒谷场的竹篁上，凳子上的圆竹匾上，矮墙上的竹帘子上，甚至干净的溪石上，都晾晒着各种农作物。

　　老家的房前，婶子正腰系围裙，坐在竹椅上，竹篮里放着洗净的番薯。番薯在巧手中褪去鲜红的外皮，转眼就变幻出了金黄的色彩。婶子熟练地将它往带有一排排网眼的刨上推动，一根根金黄的番薯丝纷纷从刨下钻了出来，然后顽皮地跃入宽大的圆桶中。不一会儿，桶里的番薯丝就堆成了一个圆锥形的小山。她就起身将桶中的番薯丝均匀地摊在竹匾上晾晒，然后又开始下一竹篮的劳作。躺在竹匾上的番薯丝，在温柔的阳光下泛着盈盈的金光。无论是哪个季节，一碗散发着清香的番薯丝汤，对我都是一种十足的诱惑。

　　厨房里，锅盖在热气的冲击下发出"突突"的轻音，番薯特有的甜香透过锅盖边沿钻出来，弥漫在整个房间里。婶子将番薯条从锅中捞进竹篮，拿到晒谷场。她两手分别拿着竹篮把手有节奏地抖动，番薯条就像听话的孩子乖乖地蹦出竹篮，一根一根均匀地躺在竹簟上。暖和的冬阳倾泻下来，番薯条由明亮的鹅黄、金黄略转暗淡，在水分渐渐流失的同时，甜分得以更好凝结。这样的番薯条易储藏，甜味十足，还带着一股嚼劲。

在农家，晒番薯条是每年冬天的标配。有些人家喜欢将番薯条晒成半成干，装进袋子里存放，食用方便，风味纯正，咬起来齿间有一股甜甜的黏性。还有一些人家会将晒干的番薯条放进油锅中炸制成"番薯胖"，在我们这一带，酥脆爽口的"番薯胖"是春节招待客人的美食佳品。

大妈用菜刀切着洗好的萝卜，她就像一位魔术师，长条形的、圆形的萝卜，在她手中经历着一个个几何图形间的变幻，最后大部分变成了长方形的小萝卜片。当竹篮盛满时，她便将这些萝卜片晒在凳子架起的竹帘子上。白色的萝卜片晶莹剔透，红色的萝卜片娇艳欲滴，为山村增添了丰富的色彩。

阿婆将在热水里焯过的青菜盛进竹篮里，提到溪滩边，小心翼翼地将叶子摊开，晒在干净的大溪石上。经水焯过的叶子呈现出特有的绿色，在一块块大溪石上，展开了一片片傲人的绿意。几天之后，这一片片绿会在冬阳的作用下收缩、变干，最后一一收入阿婆的豆腐袋中。在蔬菜相对匮乏的季节，将菜叶干往水里一浸泡，它就重新舒展开宽大的叶片，丰富着农家餐桌上的菜品。

在一堵石头矮墙顶上的竹帘子里，几块沾满盐粒的豆腐安静地躺在上面，就像一块块玉砖，仿佛周身裹着一层晶莹的白霜。吮吸着阳光的温度，它们会慢慢变瘦、变硬，最后在农家的巧手中，被切成一块块方形的豆腐块装入瓶中。拌入自制的豆瓣酱，腌制一段时间后，豆腐块就摇身一变成了散发着浓浓豆瓣香味的豆腐酱。炎热的夏季，一小块豆腐酱，就是白粥上好的配菜。

一户人家门口支着两根竹竿，一根悬挂着腊肠，如同龙蛇盘绕，又似不断向前攀缘的藤蔓；另一根上面挂着几块腊肉，腊肉已经腌制一段时间了，在阳光的照射下呈现出酱红色，散发着诱人的香气。

人们喜欢将晒干的萝卜丝和霉干菜放入腌肉的菜缸中，它们可以充分吸收腊肉的油脂和水分，利于腊肉的储存。在与腊肉的亲密接触中，萝卜丝和霉干菜还会带上特有的肉香。在每周五天都在学校食堂蒸饭的初中生活中，蒸在饭盒小塑料碗中的这些萝卜丝和霉干菜，成了我们那个年代舌尖上的美好回忆，永远留存于记忆长河中。

畚斗里、米筛里，晒着大豆、玉米、辣椒，原来重新翻晒秋收的作物，也是晒冬的一个元素。在勤劳的人们面前，即使是长时间储存的作物，蛀虫也无机可乘。

红、黄、绿、白、紫……一幅幅美丽的晒冬图，在白霜满天的季节里，丰富着寒冬的色彩。同时，带着梦幻的晒冬，也充盈着农民朴实的智慧，他们以农家特有的方式晒制作物、储存粮食，让日子在四季轮转中变得充实而又富有趣味。

随着时代的变迁，也许晒冬会与人们渐行渐远，但农家特有的勤劳与智慧，永远不会流逝。

咸鸭蛋

　　到超市购物，货柜上的一堆咸鸭蛋映入了眼帘，它们裹着精致的包装袋，互相挨挤着叠放在一起。在灯光的映照下，这些咸鸭蛋闪着光芒，特别引人注目，勾起了我的购买欲望，也引出了我的一段段回忆。

　　小时候，家里有一个陶瓷瓶，母亲叫它盐卤瓶，因为里面装着盐卤。我注意到，母亲有时会放几个鸭蛋到盐卤瓶里。在时间的酝酿下，这些鸭蛋不久就会成为咸鸭蛋。做早饭时，母亲偶尔会从盐卤瓶里捞一个或者两个咸鸭蛋出来，从水缸里舀一勺清水冲洗一下，然后轻轻放入锅里煮。

　　水开了，"扑扑"的声音丝丝入耳。掀开锅盖，只见咸鸭蛋在沸水的冲击下轻轻翻滚，撞击着锅底，发出了清脆的乐音。稍微再煮一会儿，母亲便用勺子探入热水中，将咸鸭蛋快速捞出，小心翼翼地盛入碗中。

　　等到咸鸭蛋稍稍冷却，我便迫不及待地拿起一个，轻轻碰在桌面上。蛋壳应声现出几丝裂痕，沿着裂缝小心地剥开蛋壳，里面便露出了厚实的蛋白。这时，我就盛上一碗稀粥，用筷子挑起一小片蛋白放入粥中。然后用筷子将蛋白连同边上的稀粥一同送入口中，轻轻嚼动，清粥的淡和着蛋白的咸，它们以这种最简单的方式巧妙地结合在了一起。

我最喜欢的是咸鸭蛋的蛋黄，拿筷子轻轻一戳，就会有一股特有的微红的油溢出，滴落在粥面上，白与黄融合构成了一幅唯美的画面。闻一闻蛋黄，带着微微的香味。咬一口，沙质的感觉，松松软软的。只需一个咸鸭蛋，我就能让一碗稀粥轻松地下肚。

这时，母亲也坐下来喝起了稀粥。我将剩下的那一个咸鸭蛋推到母亲面前，看到她笑了笑，我便离开了餐桌。第二天吃早饭时，掀开竹制的防蝇罩，一个咸鸭蛋赫然映入眼帘，原来母亲舍不得吃，昨天没去碰它，当然这个咸鸭蛋最后又进入了我的肚子。

读初中时，因为有了夜自习要住校，一个星期中途很少回家了，我也开始了自己蒸饭的生活。菜干、菜头丝干、番薯面、黄豆等晒干容易储藏的食物，成了饭盒里的主要菜品。因为咸鸭蛋易于储藏，所以母亲偶尔会煮上一两个，让我顺带着拿到学校。揭开饭盒盖，汤匙轻轻舀起蒸熟的配菜，再拌着咸鸭蛋一起下饭，别提有多美味了，往往不消一会儿工夫饭盒便见底了。带上咸鸭蛋去学校，成了我初中时每个星期的美好期待，而盐卤瓶里的咸鸭蛋仿佛也成了我的专属。

考上师范后，离家渐远，学校有专门的食堂，菜可以直接去买。在众多的菜品中，有时也能看到咸鸭蛋的身影，我也偶尔尝试着买一个来配饭。依旧带着一股咸香，味道也还算纯正，但不知道为什么，我总觉得没有母亲腌制的好吃，似乎差了点什么，但又不知道是差了什么。

师范二年级的那个冬天，上完夜自习，传达室大爷说有人找我，我便去往校门口。走出教室，一股"嗖嗖"的冷风直灌入我的脖子，我不由打了个哆嗦。在昏暗的路灯下，一个熟悉的身影立在校门口，身子微微蜷缩着，比原先矮小了许多，手里提着一条豆腐袋（滤豆腐的丝网袋），也不知是什么东西。

原来是父亲来了，因为厂里出差路过学校所在的城市，他便顺道来看我。他轻轻朝我提了提豆腐袋，告诉我母亲在家里想了好几天，不知道带点什么好，最后决定带点自家的咸鸭蛋。于是我就想起了母亲在灶台前忙碌的身影，仿佛听到了咸鸭蛋触碰到锅底发出的美妙的声音。

在寝室里，父亲将手伸进豆腐袋里，小心翼翼地把咸鸭蛋一个一个取出来，就像从百宝箱里掏取珍宝一样。灯光映照下，咸鸭蛋光滑的外壳闪着耀眼的光芒，我定睛细看，每一个蛋壳都完好无损。蛋壳轻轻一碰就会破损，这些咸鸭蛋经过一路颠簸居然还能如此完整，真是有点不可思议。我脑子里不禁浮现出了这样的画面：在不算平整的路面上，一辆大巴车向前快速行驶着，在一个座位上，父亲伸开厚实的大手抱住豆腐袋，让它紧紧贴在胸前。车子一路颠簸，身子起起伏伏，豆腐袋也随之上下移动，父亲像呵护宝贝一样，始终将它紧紧贴在胸前，不让它触碰到座位上。就这样，他一路撑着双手，始终保持着同一个姿势，来到了我就读的城市。

第二天清早，我和父亲带着两个咸鸭蛋来到早餐店，要了两碗稀饭和一碟咸菜，便吃了起来。我拿起父亲送来的咸鸭蛋轻轻敲在桌面，蛋壳裂开了几条缝隙。用汤匙挑起一片蛋白拌着稀饭送入口中，轻轻嚼动，舌尖传来浅浅的咸香。挑起一片蛋黄和着白饭，唯美的画面依旧，微微的香味依旧，松松软软的沙质感依旧。

我将另一个咸鸭蛋推给父亲，父亲笑了笑，又将它推给了我。蓦然间，我发现皱纹已经慢慢爬上了父亲略显粗糙的脸，在生活的重压下，他也略显苍老了。吃完早餐，父亲提着空空的豆腐袋，叮嘱我几句后便转身离开了。我看到他的身影消失在路的尽头，才回头走回学校。

以后的岁月，这样的画面，这样的香味，这样的沙质感，一直陪伴着我。但是，每次看到咸鸭蛋碰在桌面上现出的裂痕，我就会想起父亲渐渐起皱纹的脸，也会现出母亲忙碌的身影，还有那"扑扑"的乐音。

第二辑

草木葳蕤

至味清欢

青门绿玉房

　　"寒瓜方卧垄，秋蒲正满陂。紫茄纷烂漫，绿芋都参差。"诗人沈约诗中描述的寒瓜，其实就是西瓜，一种极其普通的水果品种。据明代徐光启《农政全书》载：西瓜，种出西域，故之名。可能很多人不知道，其实西瓜还有一个更好听的名字——青门绿玉房，活脱脱的一件唯美艺术品的代名词。

　　西瓜作为夏瓜，每到夏天，当仁不让地成了解暑的不二神器。"冰镇西瓜嘞！"从动车站出来，汗涔涔地拉着行李箱，走在北京城的街头，听着带有浓浓京味儿的吆喝声，马上就有一种透心凉的感觉直钻入心房。

　　入住的宾馆楼下开着一家面店，面对来往穿梭四处寻饭馆的游客，面店老板一声吆喝："手工水饺手擀面，冰镇西瓜免费吃。"就如施了魔法一般，把还在张望的一拨拨人吸引进了店里，而我就是冲着这个免费吃的西瓜进店的。用这样的方法招徕顾客，老板的精明可见一斑。

　　西瓜种在瓜地里，一般都离家较远，因此西瓜成熟时节需要搭个瓜棚夜里好看瓜。几根毛竹竿一搭，塑料布或茅草一盖，简易瓜棚就诞生了。记得小时候，邻居家种了一片瓜地，他家与我年龄相仿的儿子每次总会屁颠屁颠地跟着去瓜棚，脸上写满了骄傲。夏天的晚上，坐在简易瓜棚，悠闲地晃动着双腿，眼前一片碧绿的瓜地，提着盏盏小绿灯的萤火虫在其间飞舞，如同在大地织起了一张轻轻浮动的绿网。想象着这样的场景，真是羡慕得要死。当然，看瓜的孩子中也不全是小跟班、看夜景的，鲁迅笔下的闰土就是那样机智勇敢，看瓜刺猹的形象深深地定格在我们脑海中。

记忆中，最早的西瓜买卖还是用稻谷进行兑换，那是八十年代，经济还不活跃，农家很少有余钱。由于是用家里的粮食买西瓜，所以每次都会经过精挑细选。挑选西瓜也是有门道的，好多人买西瓜时，会轻轻拍打，如同维吾尔族小伙敲着手鼓，边敲还边将耳朵贴近西瓜，通过听声音来判断成熟程度。瓜主们则耐心地等待着买家反复挑选，从没有一丝不快，甚至有时还允许在西瓜上开一个三角形的小孔，查看成熟情况，通过这样的方式来打消买家的疑虑。等到顾客满意，瓜主们才心安理得地将西瓜开秤，卖瓜也是良心买卖。

我不知道"瓜熟蒂落"这个成语是怎么来的，单从挑选西瓜来看，它就是农耕的经验总结，因为西瓜慢慢成熟，瓜蒂就会慢慢缩小。因此有经验的瓜农看着瓜蒂、瓜脐，甚至纹路、皮色，就能判断成熟与否。在生活中，瓜熟蒂落和水到渠成就像一对孪生兄弟，温馨地提示着人们做事要遵循规律，不可急功近利。此时，瓜熟蒂落这个成语，则成了农耕经验渗透到生活的一个重要符号。

如今买一个西瓜是何等的稀松平常，但直到现在，我挑选西瓜也没什么经验，每次都是叫瓜主帮我挑。瓜主反复查看，并用手轻轻拍打，听发出的脆响，最后为我精心挑选了一个。说来也奇怪，每次切开几乎都是红红的瓤，因此，我品尝着甘甜的西瓜，脑中就会浮现出瓜农憨厚的脸。

小时候，家里条件不是很好，遇到吃厚皮西瓜时，母亲总舍不得扔掉瓜皮。母亲拿刀将西瓜切块，然后麻利地将瓜皮和瓜瓤分离，将红红的西瓜瓤盛在碗里递给我们吃。而她则用刨将瓜皮最外面一层刨掉，然后将浅绿色的瓜皮切成一片一片，瓜片整齐地排列在砧板上，就像一块块晶莹的多米诺骨牌，甚是好看。

灶膛的柴火发出噼噼啪啪的声音，母亲瞅准火候将瓜片推入热锅中翻炒，然后倒入自制的豆瓣酱，加水盖上烧煮。豆瓣酱的味道在热力的作用下逐渐侵入瓜片之中，香气悠悠地从锅盖边缘的缝隙飘出，钻入我们的鼻翼。而瓜皮也在母亲的巧手下，变成了舌尖上的美味，冲击着我们的味蕾。剩下的瓜皮，母亲还会腌成西瓜酱。在夏天，一盆西瓜酱，就是薄粥的上好配菜。蔬菜匮乏的夏季，因为有了爽脆的西瓜酱加入，生活也变得富足而有滋味。

如今家里条件也好了，但母亲烧制瓜皮的习惯一直没有改变。小小的西瓜皮，既体现着母亲的心灵手巧，也包含着勤俭持家的美德。在母亲的耳濡目染下，妻子也成了烧制西瓜皮的一把好手，同时承继下了勤俭持家的传统。

而有时，西瓜也会摇身一变，成为母亲教育我们的载体。"脚踩西瓜皮，滑到哪里算哪里。"想想真要为西瓜叫屈，也没招谁惹谁，却硬是摊上了这样的反面谚语，真够无辜的。而母亲则常常借着西瓜皮告诫我们，不管做什么事情，都不能脚踩西瓜皮，要坚持不懈，要有始有终。俗话说种瓜得瓜、种豆得豆，母亲告诉我们，不要想着天上会掉馅饼，只有付出辛勤的劳动，才会有收获。这些看起来很深奥的哲理，因为有了西瓜这一纽带，也变得浅显易懂。

随着网络的流行，伴随着西瓜逐渐衍生出了"吃瓜群众"这样的新名词，还入选了《咬文嚼字》2016年的十大网络流行语。在网络论坛中不发言只围观的普通网民很多，人们称之为吃瓜群众，吃瓜群众也成了一种不关己事、不发表意见仅围观状态的代名词。

在生活中，"事不关己，高高挂起"的现象还是存在，但我看到更多的，是在别人有困难时不置身事外的正能量。有一次，开封一老瓜农在郑州卖瓜，由于天气炎热连日劳累，夜里在载瓜的车旁睡得太沉，手机和瓜钱悉数被偷。郑州市民了解到情况，仅半天时间就将剩余的两千多斤瓜全部买完，他们用善意的举动，温暖了异地卖瓜的瓜农的心。这样的"吃瓜群众"，也让西瓜有了难得的温度。

"采得青门绿玉房，巧将猩血沁中央。结成晞日三危露，泻出流霞九酿浆。"青门绿玉房，也早已侵入我的心房。

金黄的稻秆

上班路上，一位菜农立于三轮车旁，车上是水灵灵的蔬菜。翠绿的葱把一字儿摆开，整齐地躺在车兜边沿上，轻易地捉住了我的眼睛，而最捉我心的，却是束住葱把的那一根金黄的稻秆。

佩服于老农的经验，没有多么高深的数学知识，也没有接受过一丁点美学熏陶，却往往能将那一束金黄准确地系在黄金分割点上。葱把上，金黄甘于映衬嫩绿，葱把亦因这一束金黄的捆束，现出了窈窕的身材，散发出诱人的活力。

插秧季节，天刚蒙蒙亮，父亲便会抱上几个浸湿的稻草把，带着我们到秧田里拔秧。一株一株绿汪汪的秧苗，在眼前铺开了一片生意盎然的绿色世界，直晃人的眼。我们蹲下身子，伸出手去抓住秧苗根部，"耸"的一声快速拔起，抖去附着的泥土。在两手转换中，稻秧们就像乖巧的孩子，不断进入手中，不一会儿就聚成了一把。

此时，我们迅速从稻把中抽出一根金黄的稻秆，捏紧秧把，手指灵动，让稻秆围着秧把转上几个优美的弧度，再打上一个结，一个秧把便稳稳地立在泥土之上。我们不断地拔秧，不断地扎稻秆，秧把就像出操的士兵，越立越多。而在这拔与扎之间，一根根金黄的稻秆，亦捆扎起了新一季的丰收希望。

稻子成熟时节，我兴冲冲地来到田边，看到一颗颗饱满的谷粒，组合成一个个沉甸甸的谷穗，在天地间铺展开一幕宏大的金黄。谷穗密布田间，向人们传递着来自金黄的喜悦。与树木相比，稻秆只是空心的纤维，显得柔弱绵软。但此时，在沉甸甸的谷穗面前，稻秆们没有一丝胆怯，展现出的是其异常坚强的一面。它们勇敢地承受着重压，顶起了金黄的稻穗，也为农民们顶起了辛勤付出后的美好收成。

我们兴奋地挥动镰刀收割稻子，一把把递给父亲。父亲高高举起沉甸甸的稻把，往架在稻桶中的特制稻梯去。稻穗和稻梯触碰之后，金黄的谷子如同一个个调皮的小精灵，纷纷从稻秆上跳脱出来，跃入宽大的稻桶之中。此时，父亲手里只剩下空空的稻秆，而笑容也早已爬上那张布满皱纹的脸。当金黄的谷粒全被收入谷仓，这时稻秆又摇身一变，化成一个个金黄的稻草垛，默默矗立于田间地头的空隙之处，向人们诠释着什么叫功成身退。

熏豆腐干时，母亲会将洗净的稻秆平整地摊开，均匀地铺在锅里。然后，她会将一块块切好的豆腐，轻轻放在稻秆上，就像将一块块雪白的玉砖，整齐地排列在金黄的垫子上。

随着铁锅温度的升高，稻秆在自身承受热量的同时，也会将这份热量传递给豆腐，使豆腐的水分一点一点地蒸发。在时间的慢慢催化下，豆腐不断变结实，而它原先的白也在向迷人的黄幻变。这一过程中，金黄的稻秆厥功至伟，它不但在豆腐上烙下了一条条属于自己的金黄印记，还让豆腐带上了稻草特有的气息，以及梦幻般的迷人熏香。而稻秆因为长久地接受高温的考验，接触锅底的部分已然由金黄变为焦黑，但它从不曾邀功，亦不曾向人们索取一丝报偿。

如今，我还能在油菜花开的季节轻松邂逅稻秆，因为稻草人也是装扮油菜花海的重要元素。在匠人们的一双双巧手中，稻秆们就像上下翻飞的蝴蝶，变幻着曼妙的身姿。然后，动漫形象，童话故事，历史人物，劳作场景，都在眼前一一呈现。金黄的稻秆，摇身一变，成了吸引游客的花田神话。而稻草人的制作，也让稻秆生发出了意想不到的经济价值。

一根稻秆，一段记忆，时光流转中，稻秆已然在我心头烙下金黄的印痕。

笋 的 力 量

　　尝鲜无不道春笋。笋，肉质光润、纯净、水灵，味道鲜美、脆爽，时时勾着吃货的馋虫。每年的挖笋季，我也自然会加入挖笋队伍，荷锄寻找竹林里的美味。挖笋，不仅仅让我得到了鲜美山珍，还感受到了一股惊人的力量。

　　细雨霏霏，春笋萌出。沐浴着雨后清新的空气，循着负氧离子的召唤，我又一次扛起锄头前去挖笋。竹叶滴翠，一个个尖锥似的赭色竹笋密布竹林间。锄头在空中上下挥动，不一会儿，便有几株鲜嫩的竹笋乖乖地躺进了竹篮里。

　　竹林中，大大小小的石头倒伏其间。竹笋们虽然身形柔软，但也绝不会怯弱地甘愿在石头底下做个"缩头乌龟"。它们暗暗发力，一分一分地挤开石头，让自己毛茸茸的脑袋钻出地面，获得属于自己的生长空间。

　　如果遇到"庞然大物"以泰山压顶之势压身，丝毫没有顶开的希望，竹笋也不会像个愣头青只懂得一味蛮干。这时，它们会从大岩石旁边的缝隙斜斜伸出，继续向上拔节生长，仿佛已和石头达成了一份共生的协议。竹笋和石头的相依相偎，让我看到了难得的另一面，它们身上有的不是倔强和盲目，而是散发着一种生存的智慧。如果对手力量强大到令人窒息，它们也会通过主动退让，积极为自己另找出路，从而赢得生存空间。

沿着蜿蜒的山路上行，眼前的一幕景象穿过棵棵竹子的密密阻隔，强硬地钻入我的视线。画面中，三株竹笋将一块石头高高举起。石块长宽各足有四十多厘米，却被竹笋硬生生顶离了地面，竹笋们就如同臂力惊人的举重运动员，以一个完美的挺举动作，托起了凭它们个体无法承受之重。

这当然也是持之以恒的胜利。要举起这么一块对它们来说堪称巨石的重物，不可能是一蹴而就的，每天都会是一番激烈的拉锯战。我可以感受到，绵长的时光中，它们暗地里憋足了劲，吸收竹根源源不断输送过来的养分，向上顶着石块，哪怕只是一丝一毫的上升。

同时，这也是团结的胜利。如果三株竹笋中任意一株中途放弃，或者其中一株稍稍偷着不那么用力，石块也就会向一方滑落了。伴随着石块的徐徐升起，一首同心协力之歌也就此唱响。

不久前，一张图片在微信朋友圈中热传，某地一水库的坝体石头缝中竟然长出了一棵竹笋。仔细观之，坝体与岸边有一定的距离，也不知这竹笋和竹根是如何在阴暗的地底下匍匐前行，最后寻找到一丝缝隙钻出地面的。坝体石块犬牙咬合，对任何一种植物的生存，都是巨大的考验，因此就连以生命力顽强被世人推崇的野草，也难以在坝体上找到立锥之所。寸草难存之地，竹笋却能逆势长出，这不得不让人对它的生命毅力佩服有加。

人们造石坝时必定会从底部开始进行清基，因此任何一样生物想要在坝底生长，还要面对近乎极限的考验。我的目光循着这棵竹笋，一直往下搜寻，我仿佛看到了这样的一幅情景：在漫长的生长历程里，竹根始终在黑暗笼罩中沿着坝底默默前行，而笋芽则用自己灵敏的嗅觉，在坚硬的石块林中寻找着丝丝缕缕的柔软空间。对外面美好世界的无比渴望，让竹笋从不曾停下向前、向上的脚步，而在不停地触碰试探的过程中，竹笋也得以冲破铜墙铁壁般的阻碍，迎来了自己华丽出头的机会。

　　虽然为了坝体的安全，这一竹笋在露出自己坚强身躯不久，旋即被工作人员处理。但它已经凭着自己的苦苦坚持，得以在世人面前一展身姿，获得了沐浴阳光的机会。在石块林立的坝体上，竹笋书写下了一段向往光明、不懈追求的植物传奇。

　　物竞天择，大自然从来只相信强者，不同情弱者。竹笋告诉我们，面对挫折和困难，只有不屈不挠，才能欣赏到另一番天地。

金　瓜

　　金瓜，南瓜的俗称，原产于墨西哥或中美洲一带。早期，国人误以为南瓜来自日本，让它得了个"倭瓜"的名称，而日本人以为它来自中国，故名"唐茄子"。直至清代中后期，南瓜沿大运河由南向北移栽，人们才知此瓜由南方来，"南瓜"之名得以盛行。

　　南瓜虽然有着金瓜的名号，却不是娇贵的物种。在瓜类中，南瓜的生命力异常顽强，"宅前屋后多余地，稼穑难成种南瓜"便是最好注脚。无论是庄稼地，还是房前屋后，均可见其惬意伸展的葱绿身影。可以说，只要给它一丁点的生存之所，它便能织出一片绿绿的天地。我想，如果每个人都学南瓜，主动适应环境，又何愁没有自己的成长空间呢！

　　当羊角似的两瓣嫩芽拱开泥土之时，南瓜也便向世人宣告了一段生命旅程的开启。如果主人搭起一个瓜架，它便"吱溜吱溜"向上攀缘，麻利地爬上架子。如果不搭瓜架，瓜蔓便"扑棱棱"地自顾自地向前延伸，中空的茎节节生根，贴地即着。不久，小型荷叶般的南瓜叶，便会将整片瓜地覆盖，不留一点儿空隙。

南瓜花是金色的，在碧绿的瓜叶间时不时地伸出调皮的脑袋，远远望去，瓜地就像一床绿底绣上金色大花的水印被面。在瓜花开得最旺的时节，父亲每次从瓜地回来，手里都会捏着一把金色的瓜花。看着这些大喇叭状的瓜花，满满的问号在我的脑中氤氲升腾。看着我一脸疑惑的表情，父亲笑而不语。后来，我将父亲摘掉的瓜花和依然留在瓜蔓上的瓜花进行比较，发现了其中的秘密。留在瓜蔓上的瓜花，底部都有一个绿色的球状果实，原来父亲摘掉的是一部分的雄瓜花，免得它吮吸掉过多的养分。看来管理瓜花，也是一门大学问。

不同的品种，会结出不同形状的南瓜，我最喜欢的则是车轮状的南瓜。当南瓜慢慢长大之时，父亲会时不时地摘几个鲜嫩的南瓜回家。母亲则会变着法子做出各种南瓜食物，南瓜切丝红烧，南瓜切片清煮，南瓜和金豆清炒，而瓜丝麦油纸（一种饼）是我的最爱。将鲜嫩的南瓜切成丝，和面粉搅拌在一起，舀入烧热的铁锅里，用铲子轻轻摊开，一面熟透再换另一面，盛入白瓷盘中，嫩嫩的绿和纯净的白互相映衬，咬一口，外焦里嫩，柔嫩脆爽，回味无穷。

在秋风的吹拂下，原先嫩绿的南瓜，浑身上下慢慢带上高贵的金色，烙上了成熟的印记。在粮食匮乏的年代，南瓜就成了金贵的食物，而饥馑之年，一碗南瓜更是难得的膳食。《北墅抱瓮录》云：南瓜愈老愈佳，宜用子瞻煮黄州猪肉之法。可见，人们很早便将南瓜视为珍物。将泛着金色的南瓜切成块，放在锅中，倒入少量清水文火烧煮，直至整块熟透，揭开锅盖，瓜香在房中恣意弥漫，轻轻夹起一块，咬一口，淡淡的甜溢满口舌。如果与米饭同煮，饭香和瓜香充分融合，不用配菜一碗南瓜饭便能轻松下肚。

每一次切开南瓜，金色丝状包裹着的南瓜子便露出了自己的曼妙身姿，我则小心翼翼地将它们捞到陶瓷碗里，经过反复冲洗后，摊在屋外的竹帘上晾晒。金色的阳光下，南瓜子发出耀人的白，直晃我的眼睛。南瓜子晒干以后，我会将它们一一收拢，放到塑料袋里储存起来。逢年过节，炒南瓜子便成了我儿时最好的零食，既解馋又丰富着我的童年记忆。

如今，人们在饮食上不再简单地追求填饱肚子，而南瓜也顺应时代潮流，努力契合着人们的口味。南瓜饼、南瓜汤、水晶南瓜、蛋黄南瓜……南瓜制作的美食纷繁多样，而且色香味俱全。但我的脑海中，还会时不时闪现儿时嗑着自制的炒南瓜子的画面。

乌桕树

土地精贵，能在田间地头经常出现的树不多，而乌桕树便是其中一种。乌桕，俗名木梓树，以乌鸦喜食而得名。"巾子峰山乌桕树，微霜未落已先红。"红叶白子，应是乌桕树最直接的名片。

成年的乌桕树，树皮松树般开裂，看起来很难与美丽沾上边。对乌桕树，我还有一种畏惧，因为在它的大树干上，有时还会出现一种能让皮肤起包的毛毛虫。这样一种看似令人生厌的树种，却能堂而皇之地占据农民珍贵的土地，立于田间地头，让我百思不得其解。但因为讨厌，我也很少去关注乌桕树。

一天，父亲带上我一起去地里翻番薯藤。正值仲夏，只见乌桕树上一片片近似棱状卵形的叶子，尽情舒展身姿。它们交错叠加，簇簇相堆，以自己柔嫩的身躯遮挡着毒辣辣的太阳，在树底下撑起一片难得的阴凉。树梢头，还开出了一束束条状的乌桕花，黄中带绿。一群群蜜蜂闻香而动，在枝头穿梭忙碌，采撷着浓郁的花粉。眼前的盛景，使我幼小的心灵有了些许的震撼。

翻完两垄番薯藤，父子俩坐在乌桕树创造出的浓荫底下小憩。父亲取下脖子上的毛巾，给我擦了擦汗，指着乌桕树意味深长地说："你别看乌桕树样子不怎么好看，但是不管在哪块地里，它都能存活。它全靠自己寻找养分，即使落在高高的地坎边上，长势也从不会差。"

听了父亲的话，我仔细地回忆起来。其他树木栽下后，大家都会及时浇水，精心管理，即使这样还不一定能够存活。而我好像从没看见过谁给乌桕树浇过水、施过肥，想到这一层，我对乌桕树的看法又有了改变。

不久，树上结出了串串绿色的乌桕果，就像一个个浓缩版的小铜锤，微风拂过，它们在梢头轻轻晃动，犹如在向我们频频点头。在漫长的等待中，乌桕果由绿变灰，由灰变黑，黑色便宣告了果实的成熟。当黑色的外壳炸裂剥落，一颗颗白色的球状乌桕籽，也就轻轻灵灵地跳脱了出来。这些白色的乌桕籽，如同一颗颗晶莹的珍珠，在阳光下闪着耀眼的银光。

眼前的乌桕树，苍干虬枝，白籽缀满梢头，与蓝天映衬，这一景象我当时不知如何形容。多年后读到郁达夫的《江南的冬景》，我才仿佛找到了最好的比喻，珍珠样的白籽缀在枝头，一点一丛，与白梅何等相似？

在一个晴好天气，父亲挑上箩筐，带着一根奇特的竹竿出发了，我则挎着竹篓跟在身后。定睛细看，我发现竹竿顶端有一金属物，像刀刃向外的新月形镰刀，边上还有一个钩子。

父亲点燃稻秆将树干上的毛毛虫驱离后，腰挎竹篓，三两下便爬上了乌桕树。他双脚稳稳地钉在大树杈上，伸手将周边的乌桕果连细枝轻轻折下，投入竹篓中。竹篓中的乌桕果越积越多，父亲用细长的绳子将竹篓悬下来。我接过竹篓倒入箩筐，父亲又将竹篓拉了上去。

当身边的乌桕果皆乖乖进入竹篓的怀抱后，特制的工具便开始大显身手了。父亲熟练地举起竹竿，新月形的刀具向上划过，一朵晶莹的"白梅"便应声飞离梢头，在空中经过几个旋转后，轻盈地飘落地面。有些顽皮的不肯束手就缚，挂在枝杈上，像个倔强的孩子说啥都不愿下来。父亲便将竹竿探入枝杈间，转动细钩轻巧一挑，它们才极不情愿地离开树杈，从空中飘落下来，稳稳地落于地面之上。

一个时辰后，地面上便满是带着短枝的乌桕果。大地就像一张褐色的水彩幕布，朵朵"白梅"盛开其间，加上外壳的黑和乌桕叶的红，天地间瞬间被描画出了一幅多彩的油画。

看着这一奇特的景致，我兴奋异常，上前将一朵朵的"白梅"小心翼翼地捡拾起来，放入箩筐中。半天工夫，我们收获了满满两担乌桕籽。此时，站在乌桕树底下朝上望，我发现原先的遮天蔽日已然转化成了光秃秃的一片。树枝上几乎没有一片叶子，梢头的细枝也被连籽一起折了下来，因此天空清清朗朗，清晰可见。

看着我怔怔的样子，父亲拍了拍我的脑袋，仿佛早已看穿了我的心思，说道："不用担心，明年又会是一片枝叶繁茂的样子。"

乌桕籽拿到集市上，卖了一些钱，换成了我的文具，换成了家里的生活用品。此时我对乌桕树的讨厌早已抛到九霄云外，而对于它为什么能幸运地留存于田间地头，也仿佛找寻到了答案。

工作以后，甚少回老家，也就少了与乌桕树面对面的机会。一次妻子要上一节美术课，内容为树叶画，要用到各种形状和颜色的树叶。在妻子看来，乌桕叶是必不可少的材料，因此我们驱车回到了老家，回到了曾经劳作的地方。

正值深秋，一棵一棵的乌桕树挺立原野，风神疏朗，铮骨凌空，颇有一番傲然于世之感。

淡红的，深红的，红绿相间的，一簇一簇堆积在树枝上，仿佛画家将红颜色全部调和了，涂抹在同一棵乌桕树上。这夺目的艳红，成了秋天里最美的一道风景。我闻着秋的气息，慢慢靠近，一片艳红从空中轻轻飘下，化作一只翩翩的蝴蝶，舞姿是那样轻盈。我摊开手掌，接住那一抹飘然而下的红，那纤细清晰的叶脉，就像血管，在阳光下缓缓流动。我们将各种颜色的乌桕叶都采撷了一些，不久，它们成了"金鱼"，成了"孔雀"，成了"天鹅"……

"乌桕赤于枫，园林二月中。"如今，乌桕树早已摇身一变，与银杏、红枫一起成了深秋里的网红树种。不仅田间地头，就是在绿道边和风景区，也能轻易瞥见它艳红的身影。

秋风拂过，红叶轻舞，如腾跃的火苗，似飘动的红霞。在我看来，乌桕树是深秋最美的写意，它映入我的眼帘，也照进了我的心灵。

顺风生长的水栀花

　　一个盛夏的上午，我路过一家茶室，不经意间，门口花坛的两团绿色扑棱棱地钻入眼帘。左边的是水栀花，右边的也是水栀花。

　　细看，发现两团绿意还是有着较大的不同。左边的郁郁葱葱，叶子片片肥大，枝条自由地向四周舒展，更显绿意盎然，透着无尽的活力。右边的稀稀疏疏，叶子大小不一，枝条更多地是向外生长，越靠近外面叶子越加浓密，也越加嫩绿。

　　这又是为什么呢？是左边这簇主人照料得更周密？但两个花坛都属于同一个主人，手心手背都是肉，不大可能出现厚此薄彼的现象。那是右边这簇更向往外面的空气吗？只是外面就是街面，也没有更吸引人之处呀！一个大大的问号在我的脑中升起。

　　这时日头已至半空，各家各户的空调也开始了忙碌的工作。此时，我发现右边的水栀花的叶子有了微微的异动，随之便由叶子的轻微异动，转换成了几根树枝的摆动。

　　定睛细看，原来是茶室的空调打开以后，空调外机正在往外吹风。这台空调外机原先被整团的绿意所掩盖，很难轻易发现，如今劲风疾吹，带动枝叶乱舞，也现出了真容。

空调外机的现身，一下子将我脑中的问号拉成了一个叹号。透过稀稀拉拉的枝叶，我能窥视到在无数个日子里，它们与空调外机所吹出的风做着斗争的情景，也看到了一种外人所无法想象的韧劲。

在空调外机开动的日子里，最靠近外机的那些水栀花都要经受强风的考验，而最可怕的是这样的搏斗，在一年中的大部分时间都会上演。在长年累月的疾风劲吹下，叶子也很难获得自由生长的空间，因此最靠近里面的几枝叶子稀疏，而且瘦小又不规则。

不过因为叶子的稀疏，也让枝条可以轻装上阵与风力抗衡。试想，如果这些枝条叶子稠密，在风力的带动下，由于叶片的重量，以及叶片风帆的功能，肯定会狠劲地摇曳。长期下来枝条要么就会被吹弯，要么被吹折，不会还有直直树立，留在原地与劲风对峙的枝条。而这些枝条的阻隔，也为更多的枝叶赢得了生长的空间。

与强风对抗，对于刚抽出来的柔嫩枝条来说，就显得异常艰难。在经过几次与劲风的正面交锋之后，它们发现在大风面前，自己的力量是那么羸弱。渐渐地，它们改变了自己的生长方向，顺着风吹来的方向生长，即使它们一开始内心是万般的无奈。而风力也为它们的生长带来了难得的力量，加快了成长的脚步，我可以清晰地看到，几根向外生长的枝条充分舒展，明显比左边的那些枝条生长得要快。

我觉得这不是一种简单的屈服，这是一种生存之道。当它们在无数次斗争之后，主动转变生长姿势，借助风的力量，既为自己赢得了空间,也为自己找到了助力。

其实,人生又何尝不是这样呢?如果确实无法改变环境,那不妨来改变自我的发展方向,主动适应环境,为自己的成长寻找借力,为自己赢得更好的成长空间。

龙爪槐的转身

　　季节悄然更替，漫步于公园，抬眼望去，几棵龙爪槐原先光秃秃的枝干，已经迤迤然地绽出了嫩绿的新芽。

　　在一般人的印象里，槐树都是枝叶尽情向上舒展，遮天蔽日，为高大挺秀的最佳代名词。而名字里也带着"槐"字的龙爪槐，却似乎与这一特点不是特别的沾边。

　　龙爪槐给我印象最深的，便是它那优美的姿态。亭亭如盖的树冠，伞状、球状、塔状、长廊状、匍匐状……不胜枚举，仿佛你若需要，它皆能变幻一般。造型优美的树冠，也成了其最勾人眼球之处，龙爪槐亦因此而受到更多的青睐，悠悠然出现在公园、绿化带、广场、小区，还有庭院之中。当米黄色的小花开满枝头时，挺立的龙爪槐有如黄伞蔽日，更加显得动人可爱。

　　深入园林，我才发现龙爪槐的姿态不是与生俱来的，它的姿态更多的是来自那份人工修剪的赐予。当龙爪槐长到一定的时间段，园艺师就可以根据自己的要求，对枝条的伸展方向进行人为掌控。通过巧妙地修剪拉伸，龙爪槐的枝条会乖乖地朝着人们所期望的形状生长，因此各种美丽的树冠造型便应运而生了。

观察中，我还发现了一个有趣的现象，那就是经过修剪的龙爪槐，最后枝条几乎均呈现一个斜斜往下的姿势。看起来，慑于园林师剪刀的威力，龙爪槐好像已经失去傲骨，甘于低头了。

是不是龙爪槐的枝条天生柔弱呢？我将手轻轻搭在交叉盘绕在一起的枝干上，从手上传来的分明是一份坚硬，且异常清晰，如同磐石岿然不动。你看那枝干虬曲蜿蜒，枝条向四周伸展，硬是在半空中撑出一片华华如伞的绿，若是天生柔弱，枝条又如何承受得住这巨"伞"下压之重呢？

那是不是龙爪槐的枝条，便应是向下或向四周伸展的呢？不全是的，因为我看见过园林管理人员拿着长剪刀，剪去偶尔冒出的直直向上生长的枝条，或用绳子、铁丝拉伸来改变它的生长方向，可谓大费周章。

在我看来，龙爪槐的低头其实蕴含着一种生存的智慧。假如龙爪槐一味地想着向上生长，那么等待它的也许只有锋利的剪子，即使它的枝条再坚硬，终究是抵不过冰冷的铁制剪刀的。因此，与其坐等被剪这一不可逆的命运，不如集聚自己所有的生命力量，将婆娑向上的信念化作向四周伸展的满腔激情，努力开辟一片别样的天地。再说，与高大挺拔的大槐树相比，即使龙爪槐再怎么用力向上伸展，那也是望尘莫及的。

眼前，龙爪槐根须相锁，枝条如同手臂，又似卧龙，互相交叉、互相借力，化作了一幕苍劲的婀娜。枝条间叶枝相触，叶片自上而下，次第叠翠，成就了一树的绮丽。如果你仔细观察就会发现，还有更多的鲜嫩枝条在"簌簌"抽出，然后龙须样地下垂，更多的叶子在嫩枝上点缀，犹如张开的片片新羽。新绿和暗绿层层交织，在半空中经营出一番喜人的天地，那一簇簇浓浓的绿在阳光下散发着耀人的白光，诠释着无穷无尽的生命力。

我静静地看着这一团团的浓荫，任亮丽的美景温柔入目，任思绪自然流转。龙爪槐因为不盲目地痴迷于向上，而变幻出各种造型，获得了属于自己的生长空间，并因此得到人们青睐而进入花坛、小区、庭院。龙爪槐也凭借自己的适时低头，毅然决然地丢弃那个挺入苍穹的翠梦，迎来了优雅转身。

人生亦是如此，当前方面临死胡同时，就要学会理性抉择，不要一味地去碰壁以期获得坚韧的"美名"。我们可以学学龙爪槐的低头转身，通过理智取舍，从而获得人生的华丽转身。

主角与配角

春节上龙皇山游玩，沿路植被丰厚，密布于山间的狼萁草不断映入眼帘，它们或散落于树荫间，或成片分布于整个山坡，成了连绵大山中显眼的一抹绿。

对于狼萁草，我可是一点都不陌生，因为它是我儿时制作玩具的材料。将咖啡色的无节草茎从顶部折断，小心翼翼抽动，里面柔韧如藤的芒芯便乖乖钻了出来。然后再将空心的草茎一折两段，将芒芯的两头浅浅地插入一截草茎的两端搭成弓状，另一截则是天然的箭，这样，一把简易的弓箭便诞生了。

年龄稍大一些，我便迎来了第一次上山砍柴的机会，而砍的便是狼萁草，因为它在山上随处可见，不用费力爬很高的山。同时与硬柴比起来，狼萁草略显纤弱，只要柴刀轻轻挥动就有一把入手，同样的一担柴，狼萁草则可以轻松地挑到家。

在众多植物中，狼萁草算是生命力异常旺盛的一个物种。如果边上长有松树、杉树等高大的树木，它就会默默地在大树之间寻找空隙，不声不响地生长。这里一簇，那里一簇，矮矮的，但也能默默蔓延出可观的数量。而如果周边没有大树，它就会一展身姿，独自成片生长，叶片尽情舒展，半人高的草茎亭亭而立。整个山坡都被它们所占据，俨然成了一处狼萁草的自由领地、独立王国。

根据环境条件，既甘当配角，又能适时地充当主角，狼萁草为自己赢得了广阔的生存空间。

晒干的狼萁草一点就能着，对于农家人来说，它是灶膛引火的不二选择，而狼萁草也一直很好地扮演着引火这一配角角色。在黑魆魆的灶膛里塞一大把的狼萁草，划燃火柴，随着火苗跳动，马上就能引燃一团火。然后将干燥的柴爿架于其上，再塞一团狼萁草助燃，不消片刻，柴爿也就被引着了。当柴爿在灶膛中发出噼噼啪啪的声音时，狼萁草就会默默地退到幕后，将灶膛让给了真正的主角——柴爿。

而一旦由于主人忙于灶头炒菜、加水，出现添加柴爿连接误差，不小心让灶火熄灭时，狼萁草又会适时地主动挺身而出。塞一团狼萁草于柴爿之下，将吹火筒伸入灶膛，就着炉火对着狼萁草吹气，只见红红的火光一闪一闪，不一会儿，狼萁草就会燃起来。等到再次引燃柴爿，狼萁草又会重新退出舞台，回归到幕后。

厨房炒菜有时需要大火进行爆炒，这时，狼萁草就又迎来了自己大显身手的机会。将大团的狼萁草塞入灶膛，架于柴爿之上，"腾"一下火苗上蹿，迅速蔓延形成一股熊熊的火焰，猛烈地飞舔着锅底，锅中热气"滋滋"直冒。几团狼萁草下来，听着锅中饭铲"嚓嚓"翻动，一盆热气腾腾的炒菜马上就能新鲜出锅。而狼萁草从不会居功自傲，再看灶膛，它早已过火变成了一堆柔软的灰烬。

在众多的植物中，作为蕨类的狼萁草，可能只是其中微不足道的一个物种，但它身上也蕴含着难得的哲理，细细推敲我们就能得到一些借鉴。

在大千世界中，站在舞台中央的主角毕竟是少数，所以一个人要学会甘当配角。都说绿叶衬红花，而衬托好红花，方能彰显出绿叶的巨大价值。如果一个人能做好自己擅长领域的工作，其实便是扮演好了自己岗位的主角。

同时，主角和配角从来都不是一成不变的，他们之间随时可能发生转换。但打铁还需自身硬，平时要苦下功夫，做好蓄势待发的准备，一旦天降大任，方能脱颖而出扮演好主角的角色。不然，即使机会幸运降临身上，自己不仅挑不起重担，反而还会被生生压垮，机会也就稍纵即逝了。

蓝蓝的山果

"野花山果绝芳馨，借问行人不识名。"大山野果繁盛，不知名者居多，山胡辣茄便是山民自取的山果名，直到很多年后，我才知道它的书名——地苍。

山胡辣茄喜欢长在潮湿的山路边上，夏天结果，果实球状，布有柔软的刺毛，顶上留有一圈漩涡状的花蒂。说是山胡辣茄，却没有辣椒的红，也不辣，表皮亦不是茄子的紫，而是比蓝莓还蓝的蓝。只有咬进去，才会有一股茄子的紫。

山胡辣茄最早跳入记忆，是在老家村口的小溪边。村前的小溪是父亲上山砍柴的必经之地，每一次我都会双手托腮坐在溪边的大石上，等待他归来。日头西落，溪流上跳跃着迷人的江花，父亲挑柴下山的矫健身影慢慢映入眼帘。他麻利地踩着丁步石过河，丁步上也留下了一串欢快的音符。

父亲用短棒顶在木杠的中间，借力保持平衡短暂休息，然后从衣袋里变魔术般地掏出一把蓝色的山果递给我。在霞光的映照下，山胡辣茄发出耀眼的光，媚人的蓝。对于水果匮乏的山里人来说，山胡辣茄显得弥足珍贵。我小心翼翼地夹起一颗山胡辣茄，轻轻滑进嘴里，留下丝丝的甜意，也刻下了深深的记忆。挑着生活重担的父亲，看着我陶醉的神情，露出了难得的笑容。

稍大一些，我便不再满足于坐在溪边的大石上，等待父亲带着美味归来了。蹦蹦跳跳跟在父亲身后的我，就像脚踩风火轮的哪吒，跨过丁步也来到了山上。山泉边有一处岩壁，光滑异常，只长着一两簇茅草，岩壁旁的山路边，一片矮矮的绿色植物吸引了我。叶丛中开着一些略带淡紫色的白花，在山风中轻轻摇曳，蓝蓝的球状果实，就像一颗颗蓝色精灵。

我如获至宝，小心翼翼地采摘起来。父亲微笑着对我说："你别小看了这山胡辣茄，只要有一丁点的泥土，哪怕缺少阳光，它也能生长、结果。"我似懂非懂地点点头。

跟着父亲上山砍柴的日子是幸福的，因为总能品尝到鲜美的山里蓝果。而这期间，父亲总不忘对我诉说山胡辣茄的坚强一面。

随着时间的推移，我离开家乡踏上了求学之路，后来又走上了工作岗位。山胡辣茄和我就像两列背向而行的列车，渐行渐远。

偶然的一次，我回老家时，被远处各色的树叶所吸引，便徒步来到溪对面的山上。在一处靠近岩壁的山路旁，不经意间，几丛矮矮的绿色植物映入眼帘，球形的果子闪着诱人的蓝。对！这就是山胡辣茄，原来它一直在老地方等着，即使时光荏苒，岁月更迭。

在一缕缕微醺的山风中，略带淡紫色的白色小花轻轻摇曳，展示着自己婀娜的身姿，而我的目光瞬间就被定格在那一抹纯净的蓝上，一分一秒亦不愿移开。

在泥土瘠薄的岩壁，只有青苔茅草偶能葳蕤，一般的山果绝难立足，而山胡辣茄却能逆势崛起。即使阳光极少照射，它们依然怒放着属于自己的生命，虽平凡，却时刻向人们展示着坚韧的性格。

生活难免坎坷，重要的是要学会坚韧，在重压下逆势前行。

玉米秆·甘蔗

甘蔗是甜的，这是一个人尽皆知的常识，但如果说玉米秆也带有甜味，还可以像甘蔗一样嚼，想必现在的孩子没几个会相信。

甘蔗需要钱买，孩提时，我们对于它只能望而却步。种着甘蔗的地里，必定是小孩子的禁区，再说，偷甘蔗的念头，这是我想都决计不敢想的。

玉米秆则不然，掰过玉米棒子之后，它们仿佛一下子就成了无主之物，一根根直直立于地垄上，张开修长的叶片，欢迎着我们到来。"咔嚓""咔嚓"声中，玉米秆纷纷应声而断。我们从底部入手耐心尝试，如果有丝丝甜意，留下；如果不甜，就随手丢弃。

然后，每人背着几根经过验证的甜玉米秆，坐在石头垒砌的地坎之上，大快朵颐地嚼了起来。当然，后来加入队伍的，也往往能轻易分到一杯羹，得以一品玉米秆的味道。

不消谁来传递信息，只要谁家掰过玉米棒子，我们便会蜂拥而至。次数多了，对于挑玉米秆我们自然也就有了难得的经验。

秆上没有玉米包的，或者玉米包很小的，那根玉米秆折下来，往往是甜的。我也不知道是为什么，也许是它的甜分没有被玉米粒吸走，或很少被吸走的缘故吧！

一群孩子排排坐在堤堰边的地坎上，悠然地啃着玉米秆，便是玉米这种植物留给我最美好的回忆。

粮食产量不断升高之后，人们也不再为温饱问题而牵肠挂肚了。田里、地里，除了水稻、小麦、玉米，也开始种上了一些其他作物。父亲对我啃玉米秆的画面印象特别深刻，因此，他便在土质较好的稻田边上划出一小块，在一番精心深耕之后，特地从邻村多年种植甘蔗的蔗农手里要来一些蔗苗，种上了甘蔗。

自从种上甘蔗之后，除了查看庄稼长势情况，照料甘蔗也成了父亲的一项必修课。父亲用锄头仔细地锄去与甘蔗争肥的杂草，将其晒瘪之后和割来的茅草一起压在蔗苗边上。甘蔗需水量大，但又不耐涝，父亲就用锄头开挖出几条水沟，既保证让甘蔗吮吸到充足的水分，又便于多余水量的排出。甘蔗在父亲的细心照料下，长势喜人，在稻田边上呈现出了诱人的绿意。

那年我读师范放寒假从外地回家，父亲便兴奋地扛起锄头，领着我往那小块甘蔗地走。此时甘蔗地上看不到一棵甘蔗，只是地面与旁边相比稍稍有一些隆起。父亲举起锄头，朝向那片隆起挖去，仿佛那下面埋藏着千年的宝藏。

隆起在一点点降低，扒开盖在上面的鲜蔗叶，一根根暗红色的甘蔗露出了姣好的面容，这便是父亲要挖取的宝藏。我们精心挑选了几根之后，父亲又小心翼翼地将泥土填了回去。原来，当甘蔗收获之时，我还没有放假，父亲怕甘蔗放久了会烂掉，便将它们就地埋在土里储藏，等待我的归来。

父亲背起甘蔗走在前头，我扛着锄头跟在后面。看着他略显瘦小的身影，泪水不自觉地从我的眼眶跃出，掉在脸颊之上。走在田头地垄，凛冽的寒风直钻入衣领，但我此时感受不到一丝寒意。

洗净之后，父亲将一根甘蔗截成一段一段。他将靠近根部的一段顺手递给了我。我接过来轻轻咬下一块，随着牙齿嚼动，浓浓的甜意瞬间包裹了我的口舌，并传递向周身。看着我津津有味地嚼着甘蔗，父亲布满皱纹的脸上露出了久违的笑容。

狗牙草

狗牙草是一种植物的名字，也不知道当初是谁给起的，确实土得掉渣。曾经，狗剩、狗娃等名字在农村横行过一段时间，不过那是粮食极度短缺年代，人们对好养活的一种美好寄托。因此，我常常会想，狗牙草许是也带有这种情感。

狗牙草不是什么金贵物种，放眼田间地头、墙角旮旯，那一抹绿色几乎随处可见。村外的石坝是去镇里的一条捷径，因此上学时我便常常从石坝上经过。坝体两边被众多知名的不知名的植物所覆盖，绿绿的、厚厚的，只留下中间一条无数脚印踩出的小路，其中最多的植物便是狗牙草了。

眼前，狗牙草成片成片地生长，植株挨挨挤挤相互交叠，显现出一派生机盎然的景象。虽然狗牙草不是什么稀有物种，但在悠长的坝体上扑棱棱地绵延开来，也是颇为壮观的。柔嫩的草茎上，叶子一片一片有力地横伸开来，两头尖细中间略宽，像极了一颗颗狗牙，也许这才是它名字的真正由来吧。

无事的时候，我也喜欢到石坝上玩耍，因为在这个"三不管"地带，还生长着一些小野果。采摘野果时，不小心踩在成片的狗牙草上，就如同踩在一块嫩绿色的绒毯之上，瞬间便有一股软绵绵的感觉从脚上传来。稍带一点肉质的叶片，在阳光下透着一股鲜嫩，那是一种水淋淋的绿，仿佛你不用手去掐，叶尖也随时会滴出汁水来。透明的绿，就这样在阳光下肆意蔓延开来，沿着坝体慢慢向下流去。

石坝所用材料均为就地取材，由大块的溪石垒砌而成。建设者们根据石头造型精心叠砌，光滑平整的一面一顺儿朝外，因此泥土很难在石坝表面留存。而狗牙草只是借助石头缝里少许的泥土，便欣欣然地铺开了一片蔚然的绿色，其顽强的生命力可见一斑。

一次，跟着父亲到番薯地里除草。劳作间隙不经意间一抬眼，发现地头生长多年的乌桕树上，居然有一道奇特的景观：粗大的树干被厚厚的绿色所包裹，好像穿上了一件嫩绿色的棉袄。这到底是什么植物呢？竟然就这样将乌黑开裂的树皮完美遮掩。近前细看，叶子中间宽两头尖，熟悉得不能再熟悉了，原来这抹神奇的绿色是狗牙草创造出来的。狗牙草从树桩处开始萌发，紧贴树皮匍匐向前，其间植株数量不断生发，支撑它沿着树干一路向上延伸。我见识过番薯藤的攀爬能力，也见识过爬山虎的攀缘技能，现在，狗牙草以另一种方式，在我眼前生动地展示了这种本领。

再看那乌桕树，树干上连少许的泥土也很难找到。就靠着充足的阳光和水分，以及开裂的老树皮，狗牙草还是迤迤然地在树干上织出了一段圆柱形的绿，这是一种何等惊人的生命力！此时再去读这个土得掉渣的名字，我想它确确实实与"狗剩""狗娃"有着异曲同工之妙。

狗牙草虽是一种不起眼的小草，但在开花上也从不甘于落后。一朵一朵小花呈诱人的鹅黄色，五个花瓣尽力舒展开来，恰如一颗颗金色的五角星，点缀在绿色的画布上。当开花旺季到来时，鹅黄和嫩绿呼啦啦地在眼前铺展开来，直晃人的眼睛，犹如一幅奇丽动人的水彩画。

工作调动进城以后，狗牙草还是没有远离我的视线，经过郊野、公园等地时，它便会不时地冲我眨眼。妻颇爱养花，一天，她叫我一起去挖一种特别的植物，脸上带着神秘。到达郊外，我远远地看见了崖壁上的那一抹绿，一片正在攀缘的狗牙草。原来她要挖的神秘物种居然是狗牙草，好像没听说过狗牙草什么时候成了珍稀植物，但转念一想，可能是自己有些孤陋寡闻了吧。

妻小心翼翼地拿起小铲子，好像在挖一棵异常珍贵的玉树，她从根部边缘的泥土轻轻伸入，生怕一不小心把根部铲断了。在挖狗牙草的过程中，她还笑着告诉了我狗牙草的另一个名字——垂盆草。真看不出，一直以来不起眼的狗牙草，竟然有这么雅的一个名字。

我们精挑细选，挖了一些长势较好的狗牙草带回家。妻将它们分种在几个花盆里，随后吊在花架上。日子一天天过去，狗牙草的植株逐渐变得茂盛，花盆中绿色的面积不断摊开，最后轻易地便铺满了整个花盆。不过，植株的嫩茎并没有因铺满盆面而停下生长的脚步，渐渐地，它们漫过了盆沿，一点一点地向下垂来，盖过了盆底。一阵风吹过，一根根低垂的嫩茎随风轻轻摇曳，远远看去，挂在花架上的狗牙草，活脱脱就是生命力旺盛的吊兰。这样看来，垂盆草这个称谓还真是格外的贴切啊！

前不久，我在查找一份与植物有关的资料时，无意间竟发现了狗牙草的另一个名字。狗牙草还被人们称为石指甲，这是一个十足好听的药名，我怎么也想不到，狗牙草居然还是一种中药材。对于狗牙草的药效，《纲目拾遗》《天宝本草》等好多药书上均有记录，它具有清热解毒、消痈去肿、活血止痛等独特功效。据《四川中药志》记载，狗牙草还能用作药敷治蛇咬伤，对于足上生出的"鸡眼"也有独特的疗效。

狗牙草，垂盆草，石指甲，随着对名称的不断发现，我的认识也历经了复杂的变化。我觉得狗牙草虽是不起眼的，却也有着不同寻常的品质。它从不挑剔自己的生活环境，只要给它一丝空间，便能献出一片不小的绿色，这土得掉渣的名字，便是惊人生命力的最好注脚。它的名字也有雅的，但它从不曾为雅得如斯的名字而高傲过，也不曾为独特的药物功用张扬过。它只是一如既往地，默默开辟着自己的生长空间，不向人们奢求万般呵护。我想，我们也要学着拥有狗牙草一般的心态和品质。

桑 葚

桑葚，在我们家乡又叫桑乌，因为成熟的桑椹果实通体黑色，在阳光照耀下仿佛果汁顷刻就会流溢而出。挂在枝头上的那一颗颗黑精灵，就是我儿时心中的圣果，始终对我的味蕾充满着无比的诱惑。

老家在一个小山村，隔河相望，对面就是一大片桑林，桑树就像一个个训练有素的士兵，一排排整齐地立于沙地上。正值隆冬，枝条上没有一片桑叶，一根根桑枝斜斜地互相交织在一起。这片桑林紧挨着我们村，可是与我们村却扯不上一丁点关系，它专属于我们的邻村麦辽村。从我知事起，这片桑林就好像是一片禁地，蒙着一层神秘的面纱，同时却又像一块强力磁场，深深吸引着我们关注的目光。

当春风轻轻拂过大地的时候，光秃秃的桑枝上便抽出了新芽，给单调的枝条点缀上星星点点的嫩绿，同时也在我们心头种下了对桑葚果无限的期待。在雨水的浇灌下，嫩芽不断变大，逐渐长成了手掌般大小心形的桑叶，颜色也由嫩绿慢慢地变成碧绿，在阳光照射下绿得直逼你的眼，仿佛在向人们炫耀它的无限生机和活力。远远望去，原先只有桑枝错落交织的沙地，此刻已经被一团团浓密的绿荫所遮盖，绿意包围了整片沙地。

而在这些桑叶的叶柄处，已然悄悄绽出了米粒大小的青色小颗粒。这些小颗粒，有的是独个儿，有的是两三个紧密地挨在一起，还有的五六个簇拥在一块儿，大小不一，甚是可爱。默念着，默念着，小颗粒慢慢变大，像个害羞的小姑娘，青色中带上了喜人的浅红。随着时间慢慢推移，浅红又变成深红，直至变得通体发黑。这黑色向世人宣告着果实的成熟、美味的诞生，对，美味终于诞生了！

美果当前，诱惑十足，小伙伴们心里萌生出了前去采摘的冲动。但听人说如果去对面采桑葚，万一被发现，就会被抓起来，他们还绘声绘色地描述，桑叶和桑葚都是用来喂蚕的，甚至采摘下来马上就能卖钱，所以主人看得特别紧。听着这样恐怖的描述，我们倒吸着一口口凉气，心里不停地打着退堂鼓，惧怕暂时抑制了冲动，前去采摘的念头慢慢有所消退。

但是抬头望望桑林，一颗颗桑葚在阳光下乌黑发亮，我们猜想，这样的果子如果咬在嘴里肯定无比的甜爽，美味不住地勾起我们肚子里的馋虫。我们大口大口地咽着口水，你看看我，我看看你，互相在找一个拿主意的人。恐惧和美味进行着一番激烈的博弈，最后对甜美味道的追逐，还是战胜了对桑林主人的惧怕，我们决定为了美果不惜铤而走险。

我们挽起裤管，快步蹚过村前的小河，当抵达桑林边沿时，马上就像一条条泥鳅，迅速钻进桑林隐身于浓密的绿荫中。我们个个猫着腰，在密密层层的桑叶中，寻找着那些日思夜想的黑精灵。由于总担心桑林主人会在不经意间出现，忐忑不安的心理让我们不由自主加快了摘桑葚的速度，也就没有那么多时间去挑选最黑的果实了，只要是深红一些的就会毫不犹豫地伸手采摘。不过，拗不过美味当前的诱惑，我们也不忘边采摘边往嘴里塞几颗桑葚，牙齿轻轻一咬，甜汁迅速包裹了舌头，真解馋！

我们手上的动作不断加快，塑料袋里的桑葚也在由少变多。这时，前方忽然传来"窸窸窣窣"的声音，难道是桑林主人来了？我们惊恐极了，就像遇到猎豹的羚羊，迅速朝着来路不停飞奔，遇到小河时也顾不上挽裤管就直接冲了过去，脚和水触碰时发出一声声巨响，激起的水花飞溅出一米开外，脸上、衣服也被其他人带出的水花溅湿了。

终于到达安全地带了，我们一个个用手撑着腰，大口大口地喘着粗气，任由溪水顺着裤管往下滴淌，裤管也紧紧地贴在了腿上。互相望着手里的"战果"，小伙伴们的脸上又都笑出了一朵朵花。这下终于可以好好地品尝心中的圣果了，我小心翼翼地用手夹起一颗黑精灵，高高举过头顶，让它以自由落体的方式跳进嘴里，轻轻一咬，甜汁溢了出来，迅速包裹了舌头，惬意占据了整个心头。

虽然，恐惧于桑林主人的强大威慑力，我们心里时常会涌起不再去采摘桑葚的念想。俗话说：常在河边走，哪能不湿鞋。这一次虽然侥幸逃脱了"魔爪"，但总有一次会撞上枪口的，早一点收手，就能免除被抓的后患。

但每一次，都无法抵敌桑葚美味的巨大诱惑，我们还是怀着忐忑的心理，继续踏上采摘桑葚的路程。跨过小溪，快速地钻进桑林，将自己的整个身影隐于其中，瞅准桑叶间的黑果，快速地采摘下来，塞进塑料袋。只要没有异常动静，即使心里害怕，也会等到塑料袋渐渐丰满，才会停手踏上归程。如果一有风吹草动，马上像离弦之箭往来路飞奔，不在乎有没有卷起裤腿，不在乎过河时裤脚有没有浸入水中，只在乎能不能安全地回到河对岸。

不过，不知道是不是我们的运气特别好的缘故，虽然不时经历脚步声来临的惊险情状，但每一次都是有惊无险，从没有发生被当场抓住的极端状况，我们最终都能拿着胜利的果实安全地回到家里。

随着年龄慢慢增加，我们和河对岸麦辽村的人也有了一些交往，并逐渐建立起不错的友谊。当我怀着极度好奇的心理，询问他们是不是有专人看护桑葚，抓到采桑葚的人会不会关起来时，他们一个个脸上露出丝丝狡黠的笑容。

他们告诉我，这些都是吓唬小孩的，桑叶是用来养蚕的，桑葚有时会自己采一些来吃，它也没有其他特别的价值，才不会派专人去守护呢，更不要说把人抓住关起来了。但是怕小孩爬上爬下踩坏桑枝，同时桑林中有时也会种一些花生、蚕豆等作物，小孩常去就会踩坏了，影响农作物收成，所以才这样说，可以吓唬吓唬小孩子。

原来这一切都是用来骗小孩的，而我们那时却是怀着那样忐忑的心情去采摘，每一次采摘桑果时，都没有时间挑选，只求能多摘一些。而每一次疯狂地逃离桑林时，还不停地暗自庆幸。得知真相后，我半天合不拢嘴，但我也不会将我们采摘桑葚过程中的恐惧心理告诉麦辽村的人，免得被他们笑话。

时间流逝，如今，桑葚还被人们开发出了更多的经济价值。漫步街头，一篮篮乌黑的桑葚摆在眼前任人挑选，引得吃货们流连其间。我们也可以以农家乐的形式，直接到桑树林中坦然地采摘，而不用担心桑林主人的出现。看着儿子吃得满嘴的紫黑，我们全家都笑了。儿子无忧无虑地挑选着那些黑亮的桑葚，悠然地放进嘴里嚼着，他不会想到我们曾经为桑葚铤而走险的经历。如今，我可以在桑林里安心地采摘桑葚，但我还是时常怀念儿时采桑葚那份独有的紧张刺激。

番薯变形记

"陇头叶蔓护精根，待到成时破土分。烧煮惟留甜美味，穷年度日赖于君。"小时候，家里柴灶锅煮得最多的便是稀粥和番薯，它们也组成了一天的主要膳食。时光可以冲淡记忆，但带不走番薯陪伴我度过的美好岁月。

一

记得六七岁光景，一个下雨天，父亲坐在屋檐下剪番薯藤，觉得好玩，我便也找来剪刀乱剪一气。父亲摸摸我的头，伸开大拇指和中指在番薯藤上丈量出一拃的距离，并剪在叶梗的底部演示给我看。

剪好番薯藤，父亲穿上厚厚的蓑衣，戴上圆圆的竹笠，挑起两篮番薯藤出门了。我则披上母亲自制的塑料布雨披，带上竹笠，屁颠屁颠地跟在后头。父亲将番薯藤扦插在挖好的地垄上，我也有模有样地学了起来。父亲看见了，露出慈祥的笑容，然后拔起我插倒的番薯藤，耐心地告诉我，叶梗朝上叶子才能获得太阳的力量。听着父亲的话，我似懂非懂地点点头。

不久之后再去地里，发现原先的一截截早已变成了一株株，整块地也被郁郁葱葱向上的绿叶所覆盖。我也时常跟着父亲去割番薯藤喂猪，奇怪的是，割完一茬，番薯藤马上又能抽出新的一茬，而且一根藤还会变成几根，在地里越长越旺。番薯藤的变形，让它有了异常顽强的生命力，我小小的心灵为之所震撼。

秋后，带着无限的憧憬，和父亲一起去挖番薯。在自己扦插的那一垄，我拿起小锄头小心翼翼地挖开泥土，渐渐地，几个红色的"宝贝"从土里跳脱出来。父亲则高高地举起双齿的大锄头，每一锄下去，就会拉出一簇簇的喜悦。或椭圆形，或纺锤形，或长条形，融入不同的土壤，让番薯变出了不同的形状。

长大后看到地图，惊喜地发现番薯与我国台湾岛的形状异常神似，怪不得台湾人好称自己为"番薯仔"。直至读到台湾作家林清玄的《红心番薯》，我才感受到小小的番薯竟然还蕴含着强烈的离愁别绪，也透过番薯看到了游子乡音不改、不忘乡情的赤子之心。

白色、黄色、紫色，主动适应环境，充分吸收养分，让番薯变幻出了不同的颜色。俗称"白炽光"的番薯是我儿时的最爱，口渴时，将白皮一削，露出玉雕般的番薯肉，咬上去，发出"耸耸"的声音，肉质脆爽，甜津四溢。因为有了"白炽光"的陪伴，水果匮乏的童年生活亦不曾黯然失色。

很少有一样食材像番薯一样，煎、煮、炸、烤，样样皆可发挥。烤番薯是时下孩子们的最爱，我那时最喜欢的则是煨番薯。晚稻收割后，圆锥形的谷壳堆被点燃烧成灰，小伙伴们各自将番薯埋进火堆，然后围坐在火堆旁，火光把一张张小脸映照得红通通的。挨到火候差不多了，我们迅速找来树枝，从火里把它拨出来。变软的热番薯在两只手间来回互换，稍稍冷却后，一掰两半，一块块外焦里嫩，融合着谷物特有味道的番薯香气四处弥漫，清脆的笑声在火堆上空欢快飘荡。

二

洗净、削皮后的生番薯，还会在母亲的巧手中发生奇异的变化，切成块、片、条，刨成丝，母亲仿佛要把所有的几何图形都演绎一遍。

母亲根据大小，将一块块番薯切成数量不等的块状，然后放入大锅中烧煮。锅盖在热气的作用下轻轻顶动，不断有丝丝缕缕的热气，从大锅和锅盖的缝隙间"汩汩"地钻出来。不一会儿，整个灶房便被弥漫的热气所包围。这热气中带着番薯特有的甜香，沁人心脾，令人陶醉。

随后，母亲将块状的番薯从锅中捞出，晒到屋外的竹帘上，接受冬日暖阳的照晒。几天后，我们将六七成干的番薯块收回，一块一块小心翼翼地码放到蒸笼里，然后用大火进行蒸制。灶膛中，柴火熊熊燃烧，发出噼噼啪啪的声音，火苗放肆地舔着锅底。热蒸屉中，番薯块在慢慢变软的同时，甜分也在慢慢地集聚。掀开蒸笼盖，香气扑鼻而来，夹起一块咬上一口，软软的甜香瞬间将口舌包裹，令人欲罢不能。

将番薯块重新晾晒两三天，便可以短期储存了，想要食用时，放在锅中重新蒸制一下即可。如今，人们还会直接将软软的番薯块进行真空包装，既便于随时享用，也便于快递邮寄。高速公路上，一箱箱番薯块快速前行，它们既联结起了亲情、友情，也让番薯这一寻常之物生发出了更大的经济价值。

薄薄的番薯片或番薯条，则只是放入沸水氽一下，随即捞到竹篮里，摊晒到竹簟席上。在番薯片晒制时节，乡民们异常忙碌，晒着番薯片的竹簟席铺满整个晒谷场，家家相挨，户户相连，场面蔚为壮观。晒成七八分干的番薯条，咬起来比橡皮糖还要有韧劲。上学时，我会抓一把藏在衣袋里，嚼着番薯条上学，读书生活也带上了浓浓的甜味。

过年时，母亲会将部分晒干的番薯片放入油锅，炸制成"番薯胖"。只是这要客人到来才能吃上，因此我常常盼望春节到来，让我能蹭着吃上这一美食。酷暑时节，母亲会煮上一锅番薯丝，喝着番薯丝煮成的汤，即使没有白糖，也是清凉香甜，因此我又盼望盛夏的到来。番薯，也让童年多了丝丝美好念想。

平时在柴灶锅里煮饭时，母亲会将番薯洗净，削去皮，切成片，贴在锅边，一半浸在米汤里。出锅后，母亲夹起几块放在我们的饭碗上，米饭也沾上了番薯的香气和甜味。就着番薯，即使不用配菜，一碗米饭我也能轻易进肚。简单的一日三餐，因为番薯的点缀，而变得有滋有味。

三

初冬，我和父亲将番薯洗净沥干，然后拉到磨粉机旁。一颗颗或纺锤形或椭圆形或长条形的番薯，争先恐后地从机器漏斗钻下去，经过一段奇妙的旅行，也不知怎的，出来就变成了一模一样的糊状。

父亲将打稻用的大木桶背到溪边，平稳地放置好。母亲则将番薯糊装入过滤用的丝网袋，放在一个横在木桶边沿的架子上。我用蒲瓢往口子敞开的丝网袋里舀水，随后母亲双手攥紧袋口使劲地往下挤压，带着番薯粉的水不停地从丝网袋中沁出，如同一串串透明的珍珠链轻盈地注入桶中，发出滴滴答答的乐音。

沥干水后，倒出番薯渣，晒到干净的大溪石上。然后再换下一袋番薯糊进行挤压、沥干，如法炮制，直至所有的番薯糊都被滤过。不消一个下午，溪滩上便布满了星星点点的番薯渣，如同大溪石睁开的一只只眼睛，既调皮又可爱。

现在木桶里盛满了含着番薯粉的水，在耐心等待后，番薯粉和水自动分离，然后慢慢地沉淀于桶底。舀干水后，我拿饭铲小心翼翼地从桶底铲起薯粉块，摊到竹簟席上进行晾晒。随后，薯粉块便转移到了面板上，小型的面杖轻轻滚动，薯粉块由大块变成小块，小块变成小粒，不断变形，最后就成了细细的番薯粉。

番薯粉是烧菜时勾芡的原料，因为它的存在，家庭主妇们也就有了更多的发挥空间。薯粉也可以煮成羹，正月十四煮番薯粉羹，就是我们家乡的一个重要习俗。猪耳朵、芋头粒、豆腐粒、青菜，煮沸后放入折成小段的米面，再均匀地倒入薯粉水，边倒边用勺子一圈圈搅拌，最后便成了半透明的糊状。轻轻舀上一汤匙，一片温润入口，真是回味无穷。食材在不断变化，但每年的正月十四，番薯粉羹从不曾缺席过我家的餐桌，而番薯粉悄然间也成了民俗文化的一个因子。

成为薯粉，番薯就又有了变形的机会。母亲将番薯粉搅拌成糊状，在热蒸屉里一层一层浇灌，在时间和智慧的融合中，一个番薯面饼出锅了，就像巨大的饼状果冻，晶莹剔透，散发着浓浓

107

的薯粉香。父亲麻利地将面饼装入刨面机，母亲摇动把手，刨面刀就像一把犁头，从面饼边缘轻轻犁过。不得不感念于传统工艺的强大，一根根番薯面就像淘气的精灵从面刀下钻了出来，成了漂亮的丝状。冬日里，一碗热气腾腾的猪肉炖番薯面，可以勾起我许多的美好记忆。

时代列车高速前行，借助番薯填饱肚皮的日子早已成了遥远的记忆。但番薯没有因此而销声匿迹，它来了个华丽转身，作为长寿食品进入养生食谱，番薯叶更是被视为蔬菜皇后。番薯叶梗成了我家餐桌上诱人的一抹绿，连皮吃番薯亦成了不让营养流失的一种时尚。

番薯的变形特性，让它能更好地走进千家万户，而主动顺应时代变迁的特征，又让它始终不被社会列车所抛离。其实，人也是一样的，只有主动去适应生活，融入环境，才能活出精彩的人生。

箬叶飘香

端午时节，便是箬叶飘香的时节。

箬叶长在箬竹上，每年夏秋之际，在南方向阳的山坡、路边或林下，我们可以找寻到这一簇簇的绿。箬叶是包粽子的必备原料，每年母亲都会早早备下箬叶。

端午节前，母亲往陶瓷缸里浸下糯米，并将腌猪肉切成长方形的一块块，和赤豆制成的豆沙一起作为两种粽子馅。然后她将箬叶和砍下的棕榈叶子一起放在锅中烧煮，捞起箬叶和棕榈叶子冷却便可以包粽子了。

母亲将一两片箬叶快速地交叠，她的手就像变魔术一般，三下两下便变幻出一个漏斗的形状。接着从陶瓷缸里捞出一把糯米，填入漏斗之中，将腌猪肉片或豆沙嵌入其中。然后箬叶来回折叠，所有的糯米都被严严实实地包裹，再用棕榈叶子扎系起来，打个活结，一只粽子便成型了。三角粽，四角粽，尖嘴粽，绿色的箬叶包出了各种造型。

所有的粽子精心包好后，便放入锅中倒满水开始烧煮。柴灶中旺火有力地舔着锅底，热气开始透过木制的锅盖"滋滋"地钻了出来。这热气中带着箬叶特有的清香，和着糯米的香味，溢满了整个农家厨房。

待到粽子彻底煮熟后，便可出锅了。小心翼翼解开棕榈叶，轻轻掀开箬叶，也为粽子掀开了绿盖头。咬上一口，糯米糅合着箬叶形成的纯净清香，加上腌肉或豆沙的丝丝香味，温柔地冲击着味蕾，传递向周身。而糯米的白、箬叶的绿，以及腌肉的红或豆沙的紫，也构筑出了一道无法抵御的视觉诱惑。这一由箬叶包裹出的特有粽香，会维持整个端午，在我的心头刻下美好的印痕。

妻的老家在高高的龙皇山上，从家门出去，箬叶一簇簇相拥在一起形成的绿意，便穿过密密层层的树枝映入眼帘。对箬叶，她有着特殊的感情。

小时候，每年箬叶充分舒展开身子时，妻便会上山采摘箬叶。山坡上，一张张顶端渐尖、基部圆形的箬叶，在山风中轻轻摇曳着迷人的身姿。她机灵地伸出手去，在叶柄处轻轻一折，箬叶便离开了箬竹的怀抱。

时间慢慢向前推移，采摘下的箬叶也在脚边不断累加。此时，她会从树干上抽下一根缠绕的山藤，将箬叶捆扎起来背回家。

回到家后，妻将大捆的箬叶解开，以四五十张为一小叠重新组合，正面向里对叠在一起以免发卷，并用草叶子进行捆扎。然后将箬叶抱到山溪边，一小叠一小叠地摊晒在干净的大石头上。在习习山风和阳光的共同作用下，水分逐渐离开了箬叶，那一叠叠的翠绿也慢慢变成了淡绿，变成了浅黄。晒干的箬叶收好，待到端午节前便会摇身一变成为畅销货。

　　端午时节，箬叶包裹着粽子，从各家各户的厨房飘出诱人的清香。这清香飘出了妻的学费，飘出了学习用的铅笔、橡皮，还有一本本心爱的课外书。这清香也飘出了我对端午的美好记忆。

藤 梨

　　藤梨，学名猕猴桃，作为原生地，我国早在两千多年前就开始了人工种植。《诗经》云："隰有苌楚，猗傩其枝。"诗中的苌楚即为猕猴桃。在古代，猕猴桃还有一个更通用的名字——羊桃。据考证，猕猴桃的首命名者为唐代诗人岑参，这一名字也一直沿用至今。一百多年前，猕猴桃被新西兰引种，因酷似该国国鸟奇异鸟，它又得到了一个好听的洋名字——奇异果。

　　猕猴桃生长需水又怕涝，对土壤和空气湿度的要求都很严格。我们家乡一带山高雾气重，溪涧两旁的土壤湿润，非常适合猕猴桃生长，因此它对我们来说不是一种陌生的事物。由于猕猴桃长在藤上，样子像梨，我们更喜欢称之为藤梨。

　　野生的藤梨多长于山坡林缘或灌木丛，没有人为之搭架，却能借助树干的支撑，一缕缕不断向四周延展，形成一个伞状的藤棚。初夏时节，近似圆形的嫩叶子从藤条上不断抽出，遮天蔽日，形成了一个天然的遮阴篷。不久，叶丛中绽出了一朵一朵乳白色的小花，而后又渐渐变成淡黄色，弥漫着一股淡淡的清香。待到初秋时节，藤棚之下会悄悄钻出一个个小绿果，为山林点缀上颗颗绿宝石，又似调皮的孩子，躲在绿叶之下，与人们玩着捉迷藏的游戏。

　　一场秋雨一场寒，随着深秋的来临，藤梨迎来了成熟时节。我们迎着满目的萧瑟，一手握着柴刀，一手拿着豆腐袋，哼着不知名的曲子上山去摘藤梨。野生藤梨长在半山腰或山顶上，被树木茅草掩映，被荆棘野藤缠绕，不易寻找。找到藤梨树后，还需要用柴刀开辟一条新路才能靠近，稍有不慎，便会扎破手指，因此摘藤梨也是对意志的一种考验。

　　来到藤梨树旁，眼前稠密的叶子底下，那一颗颗椭圆形的果子，挂在藤蔓之下，密密麻麻，一堆一堆地簇拥在一起。不过，成熟的藤梨颜色会变成棕黄，隐隐透着点绿，遍身长满了毛茸茸的细毛。此时它早已褪去了原先青果时的绿意盎然，也失去了诱人的光泽，远远望去，就像一个个蒙着灰尘的土豆挂在藤下。我们小心翼翼地伸手采摘，轻轻放入豆腐袋。刚摘下的藤梨捏起来硬硬的，摸起来糙糙的，有些新手禁不住咬开尝尝，又苦又涩，马上就吐了出来。

　　摘完一棵藤梨树，再踏上找寻另一棵的"征途"，不管谁先摘满，都会放下自己的袋子，耐心地帮其他伙伴摘取。直到每个人的袋子都装满了，大家才背起沉甸甸的果实踏上回家的旅途。有人砍下粗树枝当木杠，挑起豆腐袋，随着山路的颠簸，两条装满藤梨的袋子也在空中不停地画着美妙的弧线，清脆的笑声在山谷回荡。

　　踏进家门，母亲笑盈盈地接过我手中的豆腐袋，将藤梨分别放入盛着稻谷的柜子里，放到盛着米糠的桶子里。我也不知道为什么要将藤梨放在这些地方，只知道过不了多少时间，它们自然就被催熟了。山民们虽然没有看过多少书籍，但是他们本身也是一本百科全书。

按捺不住希望早日得尝美味的冲动，我会不时掀开柜子瞧瞧，只要用手轻轻捏一捏，就能判断藤梨是否熟透。熟透的藤梨，剥开外面的表皮，映入眼帘的便是一股嫩绿，一股水淋淋的绿。将表皮全部剥完，一颗玉雕般的绿色果肉便完美地呈现在眼前。轻轻咬开，异常柔软，一股股冰凉的、甜甜的味道瞬间冲击着味蕾，迅速传遍全身，口感极佳，不愧为草莓、香蕉、菠萝的混合体。如果将果肉掰开，可以看见果肉的最里面，布满了芝麻大小的黑籽粒。品尝到藤梨的美味，再来看这放射状散开的黑籽，心里倍感亲切。

其实，藤梨的美味，从古至今，历来都被人们所推崇，南朝谢灵运就在《庐山慧远法师诔》中写道："梗粮虽御，独为苃楚。"吃着美味的藤梨，看着不起眼的外表，我不禁思绪流转。世间万物皆不可以貌观之，像藤梨颜色难看，刚成熟时如同钢铁般坚硬，又酸又涩，让人可以弃之如敝屣，而毫无遗憾的感觉。但是，等到它完全熟透时，却是如此的美味可口。

藤梨不仅品质鲜嫩，而且营养丰富。藤梨富含矿物质和多种维生素，可以帮助治疗坏血症，降低胆固醇，降低血压，还具有抗糖尿病的潜力。《本草纲目》记载："止暴渴，解烦热，压丹石，下石淋。调中下气，主骨节风。"此时，在我心中对藤梨就不仅仅是美味的推崇了。

近些年，几个原先老家在山上的亲戚，每年还会上山采摘野藤梨，而我每次也总能从中分一杯羹。家里已没有屯谷的柜子，也没有盛糠的桶，看来母亲百科全书里的那套催熟方法无法再用了。不过，这也难不倒妻子，她将藤梨一个一个轻轻放入纸箱中，然后在里面放一个苹果，因为她知道苹果对于藤梨也有着催熟功能。原来对于藤梨这样的山果，妻子也有自己的百科全书。

如今，在我们家乡这一带，已经陆续开始大面积人工种植藤梨。在一些靠近溪边的山坡地里，架起了一根根的水泥柱子，一排排的藤梨树枝繁叶茂，交叉联结，遮天蔽日，比葡萄园的景象还要蔚为壮观。一个个体型硕大的藤梨，密密麻麻地挂在藤叶之下，比山上野生的大多了，而且其味道也要更加鲜美甘甜。藤梨摇身一变成了一项重要产业，为乡民的增收贡献着自己的价值。

不过，我还是更喜欢山上野生的藤梨，每次家人也照例用自己的方法来催熟。也许我更喜欢野生藤梨适应环境自然成长的那份坚强，也许我是在怀念小时候采摘藤梨那份独有的心情吧！

刺儿果

我要说的刺儿果，是一种带刺植物结出的果子，我们叫它汤饭（音同），也有叫汤蟠的，是可以食用的野果。

带刺的植物在我们这一带随处可见，山上有，田间地角有，溪边也有。番薯地边上石头垒起的地坎，插扦下番薯时，每次都会将荆棘连同杂草，清理得干干净净，不在于是否有碍观瞻，而在于会与番薯争夺地盘。可当你再去翻番薯藤时，地坎上根根碧绿的荆条已经顽强地从斜刺里伸出，仿佛在跟地主人示威一般。

荆棘也会开花、结出果子，架不住对食物的强烈渴求，好些果子顺理成章地成了人们的腹中之物。

在溪滩上，生长着一丛一丛的芒秆，它们的叶子可以轻易让你的手臂留下一道道血口子。一簇簇的荆棘点缀于其间，好像要填补芒秆丛的间隙，又好像怕芒秆孤独寂寞。

荆棘的叶子不大，也不浓密，样子就像小叶型的月季花。每年春天，当百花竞相炫耀自己的美艳时，它也会不甘寂寞，开出一朵朵的白花。花瓣为圆形，呈桃花状排列，中间有一圈嫩黄色的花蕊，散发着浓浓的香味。蜜蜂、蝴蝶穿梭其间，来回忙碌着。

　　慢慢地，它结出了青色的小果子，呈球形。果子身上有着荆棘的勇敢品质，烈日下，挺直腰杆主动迎接阳光的照射，充分吸收着炽热的营养元素，果子也慢慢由青变黄，由黄变红，仿佛刻上了太阳的印记。

　　小时候，没有多少可选择的水果，因此这样的果子自然也逃不过我们的"魔爪"。我们呼朋引伴，三五相邀，拿着塑料袋，来到溪滩地里，穿梭于芒秆丛中，挑选着最红的果子，然后小心翼翼地从刺丛中采撷，因为稍不留神，就会付出钻心疼痛的代价。当最红的果子全部收入囊中之后，我们也会退而求其次，随机摘一些黄中带红的果子。

　　带着沉甸甸的收获，我们排坐在溪边，开始了对果子的"深加工"。这种果子，顶上有坚硬的花萼，果实中满是白色的坚硬小颗粒，还夹杂着许多的刺毛。

　　但这些都抵挡不了我们追求美味的决心，为此，我们发明了去除刺毛的专门工具。我们找来细竹片，截成十厘米左右长短，用柴刀将它削平，留一个大头，削成沙僧降魔武器的一头——月牙铲的样子，把另一头削尖，其他部分削成竹签状。

　　现在该是工具大显神威了。我们先用月牙铲齐齐地铲下花萼，再将月牙铲慢慢探入果实，顺时针或逆时针旋转。那些坚硬小颗粒就像听话的孩子，乖乖地离开了它们的家，纷纷掉入溪水中。调皮的小鱼们以为是什么美味的食物来了，纷纷张开小嘴，匆匆地将其吞入口中，过了一会儿，才反应过来，又将其吐了出来，并不时地在我们的脚趾上轻轻咬上几口，仿佛在向我们表达抗议。

　　我们边旋转月牙铲，边将果实往水里浸，这样就能利用水流的冲击作用，将那些令人发痒的刺毛冲走。直到里面不剩一颗籽和一点刺毛，才算彻底完工。在"加工"美味的同时，我们也会将这些战利品塞入口中，狠劲地嚼动，真应了那句广告词："酸酸的、甜甜的，有营养，味道好。"哦，想起来了，那时还没有这句广告词。

　　随着时间推移，加工好的果子越来越多，已经摆满了脚边。如果再用袋子盛装的话，就显示不出我们的创意了。我们去堤坝上拉下几根细藤，去掉它的叶子和粗糙表皮，这样它的外表就成了白白的、光溜溜的，就像一根细铁丝。

　　我们用工具的另一头，就是尖尖的部分，在刺儿果的底部正中位置轻轻一戳，让它穿透果实，再将工具轻轻退出，这样果实底部就出现了一个针眼大小的孔洞。然后我们将藤丝的一头打一个结，防止果子自己偷偷溜走。用另一头穿过果实底部的孔洞，穿好一个再穿下一个，方向相同，穿进去后将它往下部滑去。这样细致的工作，丝毫不亚于母亲的针线活，而我们已经异常娴熟了。

　　当果子全部穿在细藤上时，就成了一个串儿，像和尚的念珠，又类似于北方人家挂起的蒜串，只是我们这个的体型稍小一些。

　　带着一串串红黄相间的战利品，我们哼着小调，踏上回家的小路。在嬉笑间，我们不时从细藤上滑下一两颗，惬意地扔进嘴里，大口大口地嚼动，不用提心吊胆，一切随心所欲。当回家捧起饭碗，嚼动米饭时，才发现牙齿酸软，无法用力，是因为吃了太多果子吧！

　　刺儿果成熟期间，溪滩地和溪边就成了我们的领地。我们不时穿梭于芒秆丛中，去刺丛中摘取成熟的果子，哪怕烈日炎炎，脚下的石头晒得发烫，也无法阻止果子对我们的诱惑。小溪边也常常出现我们整排坐在那里，旋动月牙铲去除果实中的小圆籽的身影。

　　大人们看见我们的战利品，有时也会向我们讨要一些品尝。而这时我们从不吝啬，会麻利地从果串上取下最红的果子，递给他们品尝。当看见他们陶醉其间时，我们会因果子得到分享而露出喜悦的笑容。

　　也许，这些刺儿果没有桑椹的甜津，没有桃子的脆爽，也没有枇杷果肉的柔软多汁，但我们摘刺儿果却是乐此不疲，也许其中最大的原因，就是摘刺儿果的过程从不用担心别人的追赶，就像挖荠菜时的那份坦然。

　　上师范读书之后，就再也没有去采摘过刺儿果了。也许是家里种上了枇杷、橘子，可以直接在自家的果树上采摘水果了；也许是街上叫卖的水果越来越多，只需稍稍走动就能吃到水果；也许觉得采摘刺儿果是孩童的专属，长大了就别再去和他们争抢果实了吧……

　　但是，如今的孩子又有多少见识过刺儿果的美味呢？又有多少经历过将刺儿果从刺丛中采摘下来，利用月牙铲将果实收拾干净呢？也许他们从不曾有这样的经历，即使听大人讲述这样的事情也是寥若晨星，因为这种生活离他们太远了，他们稍一走动就会直喊热，更不要说在烈日下到刺丛中采摘果子啦！再说，也有品种繁多的果子供他们挑选，蓝莓、枇杷、杨梅……

　　虽然我没有再去溪滩地里采摘过刺儿果了，但是我还清晰地记得这种红灿灿、黄澄澄的球状果实，那种酸中带甜的味道。我也清晰地记得，烈日下汗流浃背地坐在溪边，拿着月牙铲，娴熟地在果实中旋转的情景。

红妙果

红妙，一种蔷薇科木本植物，乍听可能有些耳生，其实就是覆盆子。据《本草纲目》记载，覆盆子又名奎、西国草、毕楞伽、大麦莓、插田包、乌包子，味甘平，益肾脏、补肚明目。它有实心和空心的两种小浆果，空心的我们这一带俗称格格公（音同），实心的则俗称叼公（音同）。

记忆中，父亲每天清晨都会肩荷锄头迎着露珠早早出门。回来时，锄柄另一头挂的篮子总不会空着，或是番薯藤，或是玉米，抑或是南瓜，但最吸引我的是他手里拿着的空心的红妙果。父亲会用马尾草将这些红精灵串成一串，远远看去，仿佛是一串鲜红的念珠，又似殷红的玛瑙串。

从父亲手中接过红妙串，是我清晨最开心的事。我会小心翼翼地从果串上滑下一颗，然后轻轻塞入口中。随之便是清香四溢，一股浓浓的甜汁由果子蹦出，迅速弥漫整个嘴巴。即使完全吞咽下去后，口齿还会留下迷人的馨香，令人回味无穷。

尝到红妙果美味的我们，也会自己试着去找寻。村头拦河的石坝外面有一片荒滩，那里杂草丛生，自然成了我们的首选之地。在有经验的大孩子带领下，我们抓住野藤往下滑，远远望去，就像一只只正在"噌噌"下树的松鼠。当然藤断人跌是常有的事，荒草滩草密沙层厚，就像软软的皮垫子，有的四脚朝天后却不愿起身，任由和煦的阳光尽情洒落于身体之上。

荒草滩上长着一丛丛的红妙，叶子肥大，边缘呈锯齿状，在眼前铺天盖地般地张开一张巨大的"绿幕"。一根根硬茎就像红妙挺起的脊梁，从密密层层的叶丛中伸出，上面长着一根根尖尖的倒刺。近似心形的红妙果生长在茎的顶部，颗颗珠粒饱满，晶莹圆润，分外招人眼球。远远望去，一颗颗红果子点缀在绿叶之间，时隐时现，如同在绿幕上撒下颗颗红宝石，构成乡野的一道靓丽风景。

我们兴奋地来到"绿幕"前，小心翼翼地在叶丛中探寻，摘取最红的红妙果。当这些透红的果子全部摘完之后，才会退而求其次，采撷稍红的果子。虽说也是已经微红的果子，但是两者的质感截然不同。红透的果子异常柔软，入口即化，而微红的果子，比较坚硬，带着粗粗的沙质的感觉。

有些年龄较小的孩子，因为多次被尖刺扎破手指，不敢再伸手到叶丛中摘取。他们看见地上有一些暗红的类似红妙的小果子，如获至宝，拖着稚嫩的双腿飞奔向前，快速摘取，脸上带着满足的笑容。这时大孩子们看见了，马上大声地喝止，并飞驰而来阻止他们摘取这些红果子。原来这些果子不是红妙果，大家称它们为蛇莓果，不可食用，有人就曾经因为误食而嘴唇肿大，多天后才慢慢消退。

为了防止有人再摘这种果子，大孩子们在告诫的同时，会将自己的红妙果分一些给还没有收获的孩子。现在，所有孩子手里都有果子了。刚得到红妙果的小孩子异常珍惜这来之不易的果子，他们将果子用左手小心翼翼地托住，就像托着一件稀世珍宝一般。阳光照射在红妙果上，在手心投射下一团炫目的光影，红妙果融合着强烈的光线，发出耀人的光芒。他们伸出右手，轻轻捏住一颗，如同捏着一方精雕细琢的玉石，在细细欣赏一番之后，才慢慢放入口中。大孩子因为手中的果子较多，他们会一次两三颗地扔进嘴里，甚至有时一整把塞进嘴里，他们就喜欢这种一次过个瘾的感觉。

以后的日子，荒草滩顺理成章地就成了我们最流连忘返的幸福之地。除了摘红妙果，我们还会在滩地上倒竖蜻蜓、摔跤、互相追逐，而最好玩的要数"打仗"啦！我们用扁平的石头垒成碉堡，找来三角形的神似驳壳枪的小石块当手枪，互相对射。大家用嘴模仿着各种枪声，"砰砰""突突""嗒嗒"，一时间，滩地上"枪"声大作，激烈的"战斗"在此上演，当然也少不了有人不幸"中弹"光荣倒下的场景，欢乐的笑声在荒草滩回荡。

后来听人说，山上也有类似的红果子，其实也就是俗称的叼公，对美果的向往，让我们心底自然涌起上山采摘的冲动。叼公树长在向阳的树木之间，一支支长满尖刺的树枝向上斜斜地伸出，比格格公高大，叶子成心形，但比格格公的叶子小多了。果子也是红色的，但没有格格公的鲜艳，咬起来软软的，但不像格格公一般入口即化，带着一股韧劲。每个人都可以有自己的喜好，在格格公和叼公之间，我更喜欢格格公，喜欢它的晶莹剔透，喜好它的入口即化，喜好它的口齿留香。

时间如白驹过隙，年龄的增长稍稍拉远了我与红妙果的距离，即使在红妙果成熟的季节，我也很少有去荒草滩尽情采摘红妙果的机会。再后来，一次偶然的机会在下班回家的路上我看见了一篮篮待售的小红果子，走近细看，竟是红妙果。看着家里满篮的红果子，儿子拿起来几颗随意塞进嘴里，大口大口地嚼起来。我也拿起几颗放在手心仔细地端详，肉珠还是那样晶莹圆润，放入嘴里还是入口就化，但总好像缺了什么。

听乡民们说，现在红妙果已经开始进行人工种植了，盛产时节需要雇人采摘。为了防止被尖刺扎伤，采摘时大家都会带上厚厚的棉手套。我无法想象这是一种怎样的场景，留在我脑中的只会是在荒草滩小心翼翼采摘的情景，以及父亲微笑着递过来的红玛瑙似的红果串。

掬一枚盈盈的红妙果在手，眼前自然就会浮现出这样的画面：在石坝外的荒草滩，一群孩子在铺天盖地的绿幕中，探寻着红宝石般的红妙果，无拘无束地玩着"打仗"的游戏，这样的画面也永远定格在了我的记忆中，从不曾有丝毫的模糊。感谢在最美的童年遇见你，红妙果！

第三辑

风物印记

至味清欢

老台门

土楼、竹楼、四合院、吊脚楼……各具特色的民居，在中国大地烙下了一张鲜明的建筑风格地图。

特色民居中，蕴含着劳动人民的智慧，我们老家的台门也是，我喜欢亲切地称呼它老台门。口字型近似四合院的布局，确保了每个房间的方方正正。家家户户相挨相连，意味着房子之间都有共用墙，也最大程度节约了造房成本，这在并不富裕的年代尤显重要。石礅子顶着木柱，撑起了各家各户的屋檐，而相通的廊檐，又组成了一道最好的风雨连廊，即使外面暴雨如注，我们在廊檐下穿行也不会有一丁点雨落在身上。

同在屋檐下，方便了邻里的往来。无论谁家有好吃的，院子里的小孩都能得到分享的机会。谁家做豆腐了，或甜的，或咸的，我们几个在家的孩子，都能喝到一碗热腾腾的豆腐花。谁家煮嫩玉米了，我们会将分到的嫩玉米一掰两半，用筷子一头戳一截，挑担似的串起来，蹲在廊檐下开心地吃着。每遇立夏，背上书包从廊檐经过，各家的大人都会笑呵呵地塞给我一个鸭蛋。因此到学校时，我的两个口袋总是鼓鼓的，和同学碰蛋显得底气十足。平常时节，不管谁家煮番薯或煮芋头了，都会招呼孩子们前来。掀开锅盖，香气随着热气扑面而来，我们将番薯或芋头抓在手里，双手不停地来回互换，边换边吹气，不多一会儿，便可以尽享美味了。

一碗豆腐花，一截嫩玉米，一枚煮鸭蛋，一块热番薯，一个熟芋头，我们成了台门里最先的美食品尝者。即使锅里快要见底了，大人们也从不会落下台门里的孩子。

遇到大人外出时，谁也不用为小孩无处托付而发愁，在家的大人会争着照顾，烧上好吃的，安排好睡觉，体贴又周到。

台门里，大大的天井，宽宽的堂前，还有各家各户的房子，皆可摆放酒桌。因此台门里人家办喜事时，酒宴一般都不用出台门。到了开宴时节，八仙桌依次摆开，台门里人头攒动，喜气洋洋。

在台门里，席位是约定俗成的，堂前的桌子，一般的大人也不敢去坐，我们这样的孩子更是碰也不敢去碰，这里归长者专享。就是摆在一般房子里的酒桌，入席之前，大家总要谦让好长时间才能坐定。最后坐在靠里位置的，清一色都会是本桌的年长者，除了靠里位置为尊外，还因为靠外的位置上菜时需要传菜，这是不能让长辈来做的。

鞭炮响起，糯糯的红烧猪肉上桌了，肉皮一致向外，在碗口之上形成了一个漂亮的半圆形，这便是我们家乡最经典的翻碗肉。那时候，也只有酒宴或过年时节才有机会品尝到翻碗肉，因此诱惑力十足。可此时大家却表现得异常安静，没有人争抢，只有等到同桌中最年长的人动筷之后，大家才会依次开吃。

平常，谁家要打家具，有木匠、漆匠师傅在家需要供饭，总会请上台门里的老人作陪。谁家来了亲戚、客人，烧上浇头面，也总少不了台门里老人的那一份。如果恰巧老人不在家，则会在大碗上倒扣上一口碗，放在空锅中后再盖上锅盖，等到老人回家，往往碗上还冒着热气。

"老吾老，以及人之老；幼吾幼，以及人之幼。"对于孟子的名言，我便是从小在台门里耳濡目染下慢慢读懂的。

台门里也有一些公用之地，如大天井、堂前、拐弯处，这些地方既没有人去争，也没有人去抢，大家会根据大小开发出不同的用场。放风车，存箩筐，叠竹簟席，竖手拉车架，井然有序，互相谦让，人人有份。

天气晴好时节，台门中间宽大的天井，就成了最好的晾晒场。用长凳架起笸箩，架起竹帘，便可晾晒萝卜片，晾晒玉米棒，晾晒番薯条，晾晒豆腐干。人们晒好东西，就出门下地干活了。如果遇到天气突变，而正巧邻居还在田间地头劳作时，不消谁提醒，留在台门里的人，都会迅速下到天井里，将竹帘、笸箩抱到廊檐下，因此极少有人家的晾晒物被大雨淋坏过。

初冬季节是做索面的季节，不管谁家做，台门里的邻居都不会缺席。头天晚上，调面、揉面、搓条，台门里的男人、女人齐动手。第二天，男人们早早在天井里架好面桁，女人们则把发好的面条揉搓到两根长面箸上。出面了，女人们将一根面箸固定到面桁，一手拿着另一根缓缓拉伸，一手拿着空面箸在面条上轻轻滑动。面条不断悠然变细变长，就像在眼前徐徐展开一幕纯洁的白纱。风干后的索面，最后被大家合力收进了篾箩。当晚，主人都会烧制咸香可口的浇头索面犒劳大伙儿。一家完工，就会转移到下一家，索面加工进行曲轮番在台门里上演。

　　平时遇到搬运重物，只要招呼一声，大家立刻就会停下手头的劳作，前来帮忙。有人从水磨坊碾米回家，手拉车一停下，大家七手八脚，搬的搬，抬的抬，装米、装糠的四个箩筐一下子就进了家门。农忙收割稻子，打稻用的圆稻桶、簟席、稻梯、箩筐，三下两下便被一起搬上了手拉车。杀年猪时，则会全台门总动员，男人拉猪、把凳，女人烧汤、做饭，孩子们提水、抱柴，一家一家轮过去，好不热闹！

　　共同的劳作，急需时的搭把手，一点一点拉近着邻里的感情，守望互助的美德，也随着台门的存在不断地传递。

　　如果将相处之道浓缩成一个字，那么我觉得没有比"礼"更贴切的了。而老台门里无时无刻不贯穿着"礼"字，它早早地教会了我尊老爱幼，教会了我和睦共处，教会了我守望相助。

　　在这世上，有些美好的事物，是永远不会消失的。当枯树发芽，陌上开花，我还是能从那留存的老台门，清晰地嗅出旧年的芳香。

家乡的索面

　　面食文化，在中国源远流长，成了鲜明的地域特征符号之一，而索面便是我们家乡特有的一种面食。

　　面桁、面柜、面箸、支架，做索面所需行头较多，因此往往要几家人一起才能置办下完整的一套。在老家时，每次做索面，母亲和婶婶们都会一起动手，早早地将面柜清洗干净，将竹制的长面箸洗净晾干后，用菜油一根一根从头到尾抹得油光瓦亮。

　　进入初冬，便到了家人们为做索面而忙碌的时节。头天晚上，在母亲的招呼下，女人们将面粉和盐按比例称好放入冷锅，倒入水进行充分搅拌。擂面团是体力活，父亲和叔叔们自然争抢着来做。他们挽起袖子，双手握拳照着面团锤去。几番下来，面团表面不断变得光滑，内部也开始变得均匀。

　　轮番擂动后，面团进入了面板。球形、椭圆形、长圆形，在女人们的巧手中，面团变幻着各种立体图形，最后在揉搓中定型为一根长长的圆条。在面板上撒了一些干面粉后，她们边揉搓，边将圆条由里向外一圈圈、一层层盘绕在宽大的磨浆桶里。

　　第二天天黑漆漆的时候，女人们便已经忙开了。她们先将发好的面条以"8"字形，一圈圈搓绕在两根相距十多厘米一端固定的长面箸上。她们双手有节奏地搓绕着，动作娴熟，就像在编织一件异常考究的艺术品。从底部搓绕到箸端后，然后轻轻取下两根面箸，将一根两端卡住面柜，另一根下垂挂放在面柜里。如法炮制依次搓绕，直至所有的面条均挂放于面柜中，最后盖好面柜。

因为几道工序都离不开一个"搓"字，"搓"和我们浙南的方言"索"意思相近，索面便因此而得名。

架好面桁，面条也在温度的催化下"熟"透了。此时，女人们从面柜中取出绕着面条的两根面箸，将其中一根插入布满圆孔的面桁。接着一手拿着另一根面箸牵引面条轻轻向外拉伸，一手拿着空面箸压在面条上配合着滑动，面条就像练舞的少女开始舒展起超凡的弹性。待到面条充分展示韧性后，她们便根据长度调好距离将另一根面箸也插入面桁。随后两手各拿一根空面箸轻轻压着面条来回慢慢滑动，并不时将面箸伸进两层面条中间上下扩张，避免面丝粘连。在如此循环中，一根根面条吃着面箸的压力，不断悠然地变细变长，幻化成一缕缕白色的细丝，在眼前徐徐展开一幕纯洁的"白纱"。

不得不佩服于农家人的智慧，没有掌握多少化学知识，却能将盐分、水分和面粉完美组合在一起，赋予面条神奇的韧性和弹性，任由拉伸而不会轻易折断。等到将面丝的韧性彻底拉伸至顶点，女人们便将两根面箸收起插入相邻的两个面桁孔中，再从面柜中取出另一副面条进行拉伸。

一幕幕"白纱"在农家小院次第展开，远远望去，就像几位仙女正拨动柔软绵长的琴丝，为人们演奏一首空灵悠远的古典乐曲。满桁如丝如缕的索面，玲珑曼妙，飘逸洒脱，让人不得不怀疑，是不是王母娘娘看到院子单调，特意派出织女下凡，为人间织出一件件银缕衣，也为院子织出一个如梦如幻的世界。

在冬阳和柔风的共同作用下，面丝在我们眼前发生着神奇的变化，随着水分慢慢蒸发，原先异常柔软的面丝开始慢慢变干变硬。自然的风干，让索面拥有了光鲜白亮的炫人光泽。

做完一家就做下一家，以后的几天，谁都不会缺席，几家人会继续一起做索面，直至每户人家都收下几簸箩的面。合作做索面，无形之中拉近了几家人的关系，也成了维系亲情和邻里友情的最好纽带。

索面因为做工特别考究，制作不易，显得弥足珍贵，在我们家乡，有些地方甚至只有产妇坐月子，或尊贵的客人到来才会烧制索面。因此我很庆幸家里有一位会做索面的母亲，可以比一般的孩子多一些吃索面的机会。

每当家里有客人时，母亲就会烧制浇头索面，这是家里待客的标配。在柴火的燃烧下，锅里的汤水开始翻滚，母亲便瞅准时机将索面下在锅里。在另一口稍小的锅中，母亲切好鸡蛋丝、冬笋丝、腊肉丝、豆腐皮、豆腐干、油泡片、黄花菜，将各种农家菜品精致搭配做成浇头。起锅了，母亲一手拿勺一手拿筷子，将索面舀到宽大的白瓷碗里，然后舀起浇头浇在纯净透亮的索面上。浇头和面汤缓缓交融，碧绿的葱花点缀其间，香气和色泽构成了超强的立体冲击。

母亲将面碗端到桌上，只见浇头在白色的大碗上形成了一个漂亮的圆锥形。客人们怕吃不完浪费，往往在开吃前会用筷子夹一些索面放回锅里。母亲看见了，马上又会给客人加一勺浇头。

再看那大碗，顶上还是一个漂亮的圆锥形，这一夹一加之间，农家人的待客之道得以尽情诠释。

客人的到来也给我带来了口福，因为我也往往能得到一次大快朵颐的机会。在日子不甚宽裕的年代，我真希望每天都有尊贵的客人到来，这样我就能蹭上一碗诱惑力十足的浇头索面。柔韧、咸香、爽滑、鲜美、暖胃，在干冷的冬天，一碗色香味俱全的浇头索面，就是解馋的最好美食，也是心灵的最好慰藉。

时代的脚步快速前行，各种制面机器也应运而生，它们强势侵入各类面食的制作流程中。在先进制面机器的催化下，很多的面食也变成了"短平快"的产物，原先烦琐而讲究的制作工序慢慢消失，只能在记忆的长河里依稀找寻。

但在众多面条中，仿佛索面是最不解风情的，仍旧"固执"地保持着原来的所有工序。手工揉面，手工搓条，手工绕箸，手工拉伸，自然风干，手工收面，全程让机器很难有一丝一毫的侵入机会。在这个冰冷制面机器横行的时代，索面依然坚守着自己的特有工序，维护着自己的手工美名。

如今，索面顺理成章地成了家乡的一种特产，做索面也成了一种新兴农家产业，它们为乡民们增收致富发挥着自己的作用。我想，正是对纯手工的极致追求，让索面能够成为捍卫传统食品工艺的一道风景，并焕发出强大的生命活力，也许，这就是它所揭示的一种生存奥秘吧！

如今，我们全家都已搬到城里居住，但母亲还会应邀回老家和大家一起做索面，每次少不了会带一些做好的索面回来，而我当然也能沾光品尝到这一美食。

米筛上的舞蹈

米筛，圆形，底部有细小的筛眼，由篾匠用细竹条编制而成，是一种常见的农家器具。平时米筛就静静地悬挂于木质的格子窗前，温润的阳光会透过米筛眼，在地上投射下斑斑点点渔网似的光影。

父亲将稻谷挑到离家较远的岩井头水磨坊，然后将碾好的米挑回家。我用畚斗从箩筐里盛起米，轻轻倒到米筛上。母亲双手平平端起米筛，顺时针或逆时针开始转动，动作悠悠然然，富有节奏感。

米粒跟随米筛的转动节奏，在这个竹制的农家器具上，跳起了一曲欢快的旋转舞。随着旋转的继续，渐渐地，米筛的中间也现出了一个漂亮的漩涡。在不停地旋转中，土黄色的糠和一些细碎的米屑，从筛眼不断漏出，在空中完成一个潇洒的腾跃后，轻轻地在地面着陆。

筛完一箩，再换另一箩。米粒在米筛上不断表演着一段段优美的舞蹈，地面上也叠加起了一小堆的糠和碎米。当所有的米经历过米筛的旋转之后，土黄被彻底分离，米粒发出了更为耀眼的亮白，阳光下直晃人的眼睛。当然，如果恰巧风车就在身旁，有时它也会加入分离米和糠的行列。

米筛姓"米"，但它不是米的专属。磨面之前，麦子也会在米筛上跳一段优美的舞蹈。我盛起麦子倒入米筛，母亲便又开始另一段悠然的旋转之旅。晶莹的麦粒中夹杂着雪白的麦壳，他们一起随着米筛旋转，在眼前跳起了一段优美的华尔兹。

由于麦粒和麦壳重量的不同，米筛上慢慢出现了一道奇特的景观。轻轻旋转中，白色的麦壳从麦粒间悄悄钻出脑袋，慢慢浮到麦粒的上面，在最顶上形成一层白色的覆盖层。这时，母亲停下运动的双手，轻轻放下米筛，用双手将这一层白色麦壳捧起放到畚斗里。然后米筛继续转动，直至这些白色彻底与麦子分离开。

除了筛米和麦子，做豆腐时米筛也会粉墨登场。由于收豆子时，是将豆秆连根一起拔起晒在晒谷场上的，所以翻晒过程中，豆中会夹杂上小土粒、小沙粒，以及小截火柴梗似的豆秆，做豆腐时这些是要去除的。

我将干燥的豆子倒在米筛上，它们就像调皮的小精灵，在米筛上轻轻蹦跳几下后，然后老老实实地躺下来。母亲轻轻转动米筛，豆子在经过一番加速跑之后，开始有力地旋转起来。一些细小的土粒和小截豆秆，透过米筛的筛眼轻轻甩出，掉落在了地上。接着，我和母亲将米筛架在木凳上，一人一边，翻动豆子继续捡除杂物，直到米筛上只剩下一颗颗金黄饱满的豆子。

然后，我将干燥的豆子一勺勺倒入石磨的磨眼，母亲开始转动石磨。豆子从石磨出来时，包裹着豆瓣的那层壳便和豆瓣分开了。我将这些豆壳和豆瓣一起倒入米筛，母亲双手轻轻转动，豆瓣带着豆壳开始忘情舞蹈。旋转中，体重较轻的豆壳便自然而然地向顶上飘移，和较重的豆瓣顺利分开。母亲停下米筛，用双手将浮在上层的豆壳收拢捧起，放到畚斗里。她继续筛动米筛，豆瓣和豆壳分离完毕，便可以磨豆腐了。

　　寻常的米筛，作为农家器具之一，无时无刻不体现着农家人特有的智慧。也许米筛在现代工具的冲击下，可能会慢慢退出原先的舞台，但它所蕴含着的农家智慧决不会随之消失。

陀螺·打不死

绕鞭以绳，卓于地，急掣其鞭，无声而转。视其缓而鞭之，转转无复往。转之疾，正如卓立地上，顶光旋旋，影不动也。此间描述的，即为陀螺。

1926 年的一天，山西夏县西阴村，一个不甚知名的地方，新石器时代遗址得以发现。在先后出土的众多文物中，我被其中的一个石陀螺所吸引，因为它的重见阳光，让陀螺这个伴着我成长的玩具，年龄成功往前推移了四五千年。

陀螺在北方叫作"打老牛"，在我们这一带俗称"打不死"。"杨柳儿青，放空钟；杨柳儿活，抽陀螺；杨柳儿死，踢毽子……"作为一个民间玩具，陀螺南北融通，甚为流行，从《帝京景物略》记载的民谣中，就可见一斑。

现在玩的塑料陀螺，多由模具压制而成，我们小时候玩的打不死陀螺，则是用木头纯手工制作。将一截木头用柴刀削成倒圆锥形，在距离顶部半厘米处，挖出一圈凹槽。然后找来半米长的木棒，将一米左右窄窄的破布条的一头系其上，这样，一副陀螺玩具便正式诞生了。

　　遇到晴好天气，村头开阔地上总会聚拢一堆孩子，个个攥着陀螺的全套装备。我们颇具耐心地将破布条一圈一圈地缠绕于其凹槽处，因为陀螺本身没有旋转力，它的力量来自布条的牵引。而一贯顽皮的陀螺，此时却像一只温顺的绵羊躺在我们手中，乖乖地任人缠绕，我想，也许陀螺是为了得以爆发而甘于蓄势吧。而这，就如同弓箭射出之前拉满弓弦，猛兽出击前的身体尽力后倾。成功从来不是一蹴而就，生活何尝不是如此？默默累积是一个必不可少的过程。

　　伙伴们都是转陀螺的老手，一手拿着陀螺，一手握住木棒，用力牵引布条。随着布条迅速抽开，陀螺如同一只捕食猎物的鹰隼，从空中俯冲而下，落于地面，迅速转了起来。甫一落地，如果着地点不太好，就会剧烈地摇晃，继而不久就会停止。对陀螺而言，平稳落地本身就决定了旋转的时长，对做事来说亦是，起步往往就决定你能走多远。

　　缺乏后劲的陀螺，转的时间一长，就会像个喝醉酒的汉子，摇摇晃晃着减下速度，直至最后变成酩酊大醉的醉汉瘫倒在地。每当看着自己陀螺的转速变慢，这是最让人心焦的。"打不死"意味着陀螺需要打击才能持久旋转，因为它自身没有原动力。抽打时间相当讲究，太早会打乱节奏，太晚陀螺已经失重，不会再次起速。因此，"久经沙场"的我们，会在陀螺稍稍露出"醉态"的时候，及时拿起木棒用力挥动布条，瞅准陀螺的身体，为陀螺补充"能量"。此时，陀螺又像重新上好发条一般，接着忘情旋转，继续它的旋转人生。

　　这布条就如一根鞭子，因为有了它的抽打，陀螺才有了继续旋转的动力。而在我的求学抑或工作路上，每当前进的脚步有些蹒跚时，来自亲友、师长的鼓励和鞭策，总会让我迸发强大的力量重新上路。

由于倒圆锥形的构造，陀螺本身是没有站立能力的，只有快速旋转起来，才能实现由侧躺到站立的过程。从某种角度来看，是旋转给了陀螺站立的能力。陀螺优雅地旋转时，就如同一位翩翩起舞的少女，舞姿轻盈，让人不禁为之倾倒。但是一旦停止旋转，陀螺也就如瘫痪在床的病人，它的美感瞬间消失得无影无踪。一个人何尝不是这样？当我们忘情投入工作时，你才会渐次焕发自己的光彩，而如果处于停滞的状态，你也就失去了人生的价值。

感叹于陀螺的造型，尖尖的底部，极少的接触面，让陀螺可以尽可能地减少摩擦力。而尖底与地面长期较量，很容易被磨钝，影响旋转的速度，因此需要重新削尖。不得不佩服小伙伴们大开的脑洞，有人居然找来废弃的小钢珠，嵌于其尖底。嵌上钢珠的陀螺仿佛也学会了圆滑处事，不与地面硬碰硬，这样既能防止磨钝，又加大了光滑度。

当然，任何一项来自小伙伴的发明专利，其推广的速度往往是惊人的，没过几天，所有的陀螺都清一色成了"钢珠底"了。"钢珠底"成了我们手中陀螺的标配，自行车修车铺当然也成了我们时常光顾之所。嵌着钢珠的陀螺，就像芭蕾舞女绷直的脚尖，而陀螺也摇身一变成了弓着一条腿飞速旋转的芭蕾女，在平地上划出一圈圈圆弧，跳起一支支曼妙的芭蕾舞。

比拼碰撞能力，肯定也是陀螺比赛中一项不容缺席的项目。高速运转中的两只陀螺慢慢靠拢，直至触碰在一起，然后有如遇到洪荒之力迅速荡开。亦同武打小说中的顶尖高手，两股真气相碰后，双方飞跃而出。历经剧烈碰撞，陀螺就会减速，由于双方靠得太近，布条也失去了发挥的空间，耐撞击能力就决定了谁能最终胜出。几次撞击后，速度不断减慢，终于有一方会像醉汉醉倒在地。而获胜的陀螺，在昂首看着对手倒下的同时，必然会优雅地再多旋转几圈，以此作为自己华丽的谢幕。

陀螺，打不死。人生如陀螺，人生，亦要打不死。漫漫旅途荆棘丛生，一个一个的挫折会列队等待你的到来，我们需要修炼陀螺一般的抗击打能力，旋转出属于自己的天地。如果在困难面前畏缩不前，那么成功将永远与你绝缘。当然，也不能痴迷于原地旋转，这也会让你渐渐迷失方向，在岁月中蹉跎，一事无成。

水磨坊

在漫长的农耕文明发展史上，水磨也是人类利用自然力量的标志之一。我们村北面的溪边也有一座水磨坊，但不是巨型水车那种。远远望去，澄净的溪中，一条拦河石坝横亘其间，溪水在石坝的导引下进入水渠，冲击轮盘带动碾米机工作，最后从水磨坊中流出。夜晚或不碾米时，则连接电机发电为村庄提供源源的电力。

农家谁也离不开碾米磨面，而四邻八乡就这么一处水磨坊，因此这里成了乡邻们难得的聚散之地，也顺理成章地成了人尽皆知的一处地标建筑。

当家里的米缸快见底时，父亲便会挑上满满一担谷子前往水磨坊，我则拿着蛇皮袋屁颠屁颠地跟在后面。从公路边下去，走过一段直上直下的石阶，迎着一阵暖暖的面粉味，我们踏入了水磨坊。

水磨坊排队和其他地方不一样，在这里箩筐代替了人，前后相接组成队伍。装着谷子、麦子、玉米的箩筐，分别在对应的机器前排起蜿蜒的长蛇阵，在水磨坊里形成了一道独有的风景。

　　时间对于庄稼人来说仿佛永远都是不够用的，于是有些后来的人将箩筐排在位置上，便急匆匆赶往地里劳作了。看到前面的人较多，父亲也将扁担竖在边上，嘱咐我在水磨坊守着，然后去干农活了。

　　碾米师傅放开闸门，轮盘在水流的冲击下极速旋转，随着撬棒灵巧一动，牛皮绳索应声套入，轮盘的转轮和碾米机上的轮轴完美地连在了一起。在牛皮索发出的声音中，碾米机开始了自己一天的忙碌。

　　碾米师傅指挥着第一户人家，将箩筐里的谷子装到特制的小筐里，然后接过来倒进料斗中。一颗颗金黄的谷子从料斗下去，经过一段奇妙的旅行，便见白色的米和着一些黄色的糠，如水坝开闸一般从磨口飞快地流泻而出。而大部分的糠，则会从后磨口流出。师傅麻利地用小筐将它们分别接住，满了则换一个筐再接。一遍结束后，将夹杂着很多糠的米重新倒入料斗，两遍下来，米和糠基本分离完毕，只留下少量的糠躲藏于其间。

　　碾完一家，马上接着碾下一家，中间不会停歇，箩筐也会随着往前移动。看着我力气小，排在我家后面的大昌叔便伸出大手帮着我挪动筐子。后面也有几家没来，不过他们的箩筐也很自然地在往前移动着。一家一家地碾着，长蛇阵也随之轻盈地摆动着身姿。

　　快轮到我家了，可父亲还没有来，我心急如焚。大家便扯开嗓子呼唤，声音从水磨坊中扑棱棱钻出后，被地里劳作的人接住，又向更远的地方传去，不断在山野间飘荡，形成了一串串美妙的回声。眼看父亲还没到，大昌叔二话不说，便将我家的稻谷盛入小筐，倒入料斗开始碾米。一筐碾完，准备碾第二筐的时候，父亲满头大汗地赶来了，他和大昌叔互相微笑着点点头，便麻利地接过了小筐。

碾米磨面是一件实实在在的体力活，如果碰到长者或是妇女独自前来，周围的人都会七手八脚地帮着装筐、递筐，因此人们丝毫不用担心自己的身单力薄。需要帮助时搭把手，这在水磨坊里早已成了司空见惯的事情。

父亲挑着米刚迈步走出水磨坊时，远远地，我看见了头发花白的二叔公碾完米，正坐在石阶上休憩。他从腰间取下烟袋，往烟锅里塞了满满的一锅烟丝，悠然地抽着烟斗，烟丝在一吸一呼中发出耀眼的红光。此时亮子叔正好从旁边经过，他放下自己的担子，不声不响地就抢着挑起二叔公的两个箩筐迈向石阶，等到二叔公反应过来时，箩筐早已被挑到了公路上。亮子叔放下箩筐，冲二叔公笑了笑，又下来挑自己的箩筐了。

公路边上有一间属于水磨坊的小屋，轻轻推开斑驳的木门，可见一架木制的风车静静地立于屋内，这是专为碾米后扇糠所备。很多人会在这里分离好米和糠再挑回家。一人扇动风车，一人添米，由于风车顶有一人高，因此这一道工序需要两个大人才能完成。令我感到奇怪的是，熟识的，或只有一面之缘的，或是邻村从没打过照面的，在这里都能默契地合作。

一人拿起畚斗举过风车顶往料口添米，另一人边扇动风车，边轻轻往下移动连着闸门的竹片。在风力的作用下，洁白的米从风车下面的闸口欢快地蹦出，暗黄的糠则舒展身姿，迈着轻盈的舞步从风车口施施然飞出，完成一连串眼花缭乱的动作后，飘落于地面之上。

风车"吱溜溜"唱着山歌，刚碾好的米和着歌声欢悦地从料斗口钻下来，如同善于跳跃的精灵，闪转腾挪，最后从下面的闸口蹦出，翻过几个跟斗之后，进入承接的箩筐中。经过风车扇叶的洗礼，米和糠彻底分离，箩筐中只剩下一座圆锥形的晃眼的白。

一家扇好，接着下一家，从没有一家扇好就独自离开的，这成了水磨坊不成文的规矩。和睦相处、互帮互助，在属于水磨坊所有的这间小屋里得到很好的诠释，那些乡邻间美好淳朴的故事，也在这碾米磨面之所每天上演。

时代列车飞速运转，随着外出人员不断增多，更多的农人离开了土地，碾米的庞大队伍也在不断地瘦身。慢慢地，碾米机变成了纯电力，进入了普通家庭中。终于，水磨坊完成自己的使命，退出了历史舞台，从繁华之地，变成了异常冷清之所。最后在一场大水之后，水磨坊带着曾经的辉煌，带着一代代勤劳农民的青春韶华，离我们而去，变成了一处遗址，只剩下了一处地标名称。

水磨坊遗址前，导流渠中溪水仍在激流，那些发生在水磨坊的美好故事，也在记忆长河里飞转……

铅坠子

铅坠子，也称铅坨，在钓鱼工具中不算起眼，却必不可少。

七八岁的光景，我第一次接触到了铅坠子。那时，每逢连续几天下大雨，门前的溪水就会变成可爱的浑黄，而溪边往往会坐上一排头戴斗笠、身披蓑衣或塑料布的钓鱼人。长短不一的钓鱼竿构成了一道独特的风景，也勾起了我心中强烈的钓鱼瘾。

我从竹林砍来细长的竹竿，将鸡毛梗剪成一段段，然后穿进钓线做成七星浮标，再麻利地系上钓钩，便将自己嵌入那道风景中。钓线抛入水中，在水面荡起一圈圈的涟漪，也在我的心中荡起一圈圈的涟漪。

两边的钓鱼竿不断提起、放下，又放下、提起，一条条活蹦乱跳的鱼儿进入了竹制的鱼篓。但我的钓竿却始终纹丝不动，漫长的等待让我心中的涟漪渐渐趋于平静，我忍不住将钓竿拉了上来。与边上刚刚拉着鱼上来的渔线比较，我发现我的钓线好像少了一样东西，那东西就在钓钩靠上一点。

它就是铅坠子，专门用来在钓线入水后让钓线下坠的，没有它钓线就会随水流四处飘荡。铅坠子虽小，但它却是让钓钩能固定在一处，让鱼儿得以循着钓饵上钩的关键。我原先只知道钓鱼要用到钓竿、钓线、浮标和钓钩，居然漏掉了这么重要的铅坠子。

找到原因后，我一溜烟往家跑，取出一个用完的牙膏壳，用剪刀剪成条状的一段，绕在钓线钓钩的上方，做成了一个简易的铅坠子。带着满满的自信，我将钓线抛入水中，水面上又一次荡起了涟漪，我的心中也又一次荡起涟漪。

这一次，七星浮标没有一如既往的纹丝不动，而是马上就沉下了五颗。我心中的涟漪瞬间扩大，提竿起线，动作潇洒飘逸，只是钓钩上空空如也。重新将钓线抛入水中，七星浮标再次沉入五颗，提起钓竿，还是一无所获。一连几次均是如此。

看着我的狼狈样，边上一位头戴斗笠的老者将我的鱼竿提了起来，仔细观察了一番，然后将我的铅坠子解开，去掉一半后轻轻往下挪了挪再捏紧。他意味深长地对我说："别看钓鱼是简单的事，其实里面藏着大学问。就拿这铅坠子来说，重量太重，就无法准确判断鱼儿咬钩情况，太轻又坠不住。同时它的位置也很讲究，太靠上或太靠下都不行。"原来，小小的铅坠子里还有这样的知识，看来做任何事都来不得半点马虎。

渔线重新抛入水中，心中的涟漪又一次轻轻荡起。这次等待没有想象中那么久了，不一会儿一条鱼就被我拉出了水面，虽然只有小拇指那么大，但我依然很高兴，因为这是我生平钓到的第一条鱼。

后来，我从一张废弃的渔网上得到了一个坠子，那种真正用铅做的坠子。随后的日子，我也在铅坠子的帮助下，钓到了各种各样的溪鱼。

　　秤砣虽小压千斤，生活中有很多像铅坠子一样，不起眼但缺不了的东西，只有我们用心琢磨并充分利用，才能获得成功，这便是铅坠子带给我的启示。

露天电影

算来已经有二十多年没有看过露天电影了，心里怪想念的。

二十世纪七八十年代，就算黑白电视对绝大多数家庭来说也是稀罕物，因而放映露天电影便成了村里的文化盛宴。不论是盛夏还是寒冬，只要有电影播放的夜晚，总是人头攒动，丝毫不亚于如今的大牌明星出场。

在村小前的操场上，架起放映机，将幕布挂在两棵高大的乌桕树间，一切便准备就绪了。争位置是放映前必会上演的一幕，日头微微开始西斜，小伙伴们便手提肩扛三四把竹椅抢占有利位置。在幕布前用脚步丈量，确定好最佳收看位置，并排放下竹椅，这就算是为全家人摆好了座位，谁都会为能占到一个好位置而欢呼雀跃。虽然座位是排定了，但奇怪的是，每次当电影开始播放时，前面的几排总是清一色属于孩子。原来怕我们个子小看不见，大人们不知什么时候悄然移到了后面，就好像有着不成文的规定一般。

当换电影胶片时，总有几个调皮的孩子会跑到放映机前，将双手交叉变换着伸到光束前。这时银幕上就会出现大鹏展翅、小鸡互啄等景象，而大人们则会报以慈祥的微笑，仿佛在欣赏精彩的电影片段。

露天电影不常放，往往要等村里遇到大喜事或镇文化站有要求，才会邀请放映员前来。当然，也有例外的情况。有一次，村里两户人家为争田水而厮打起来，最后由村干部出面调解，双方才认识到各自的错误重归于好。而村里对他们的要求则是，共同出钱放一场电影，既让全村知道他们已经和好，也让乡人懂得要和睦相处，对此两家人欣然接受。就因为这一点小事，我们过了一回看电影的瘾，于是我盼望着有谁家为了小事再吵上一架。只是等到年底我也没有得偿所愿，看来罚放电影的效果还真是好。

那年代，农村除了广播，几乎没有其他媒体了，算来露天电影应是其中难得的一项。看电影的过程中，我们的心也会随着影片内容而波动。放映《地雷战》时，看到敌人凶神恶煞般地冲来，我们的心就提到嗓子眼。而看到敌人踩中地雷被炸开了花，大家则不约而同地发出叫好声。《铁道游击队》中，游击队员攀爬飞驰的火车，将敌人的运输线搅得天翻地覆，他们便顺理成章地作为偶像嵌入我们心里。小伙伴们晚上看完露天电影，接下来的几天都会沉浸在影片中。有一次，我们看完《董存瑞》，第二天大家就找来砖头，左手高高举起，右手做出拉导火索的动作，嘴里高喊着："同志们，为了新中国，冲啊！"此时，一股对英雄的敬佩之情就会在心中冉冉升起。我想，不用再进行什么说教，热爱祖国、抗击侵略、为国献身……早已透过露天电影流入我们幼小的心灵。

如今影院设备先进，座位柔软舒适，立体感超强。大家均凭票入座，谁也不用再去抢占位置，甚至还有专门的包厢。但当年看露天电影那种感觉，怕是很难再找寻得到了。

悠悠棕榈情

　　棕香飘溢时节，那绿绿的捆扎粽子的棕榈叶条，便跃入眼帘。

　　乡村的房前屋后或是山地边上，随处都能寻到棕榈树。在老家，每年端午节前，父亲总会提上柴刀，爬到村头的棕榈树上，"嚓嚓嚓"，几簇棕榈叶应声而落。我和父亲一人抓住四五根叶柄，将呈巨大扇形的棕榈叶子扛在肩上背回家。

　　母亲用剪刀沿着叶柄和叶子交接处，剪出一个完美的弧度，叶子和叶柄便乖乖地分开了。接着全家一起动手，将叶子分离成一根根条状，和箬叶一起放入锅中烧煮。随后，母亲手指灵动，两三张箬叶交叠出一个漏斗形状，浸好的糯米便可填入其中，当然往糯米中嵌入一块腌肉或一团豆沙也是必不可少的。再经过一番眼花缭乱地折叠，糯米便被箬叶严严实实地包裹。这时轮到棕榈叶粉墨登场，三绕五绕后，打上个活结，三角形、四角形，甚至五角形的粽子便完美成型了。

　　有时为了分清肉粽和豆沙粽，母亲会用棕榈叶子，将它们分别串在一起。这样起锅后，我们可以轻易寻找到自己的最爱。轻轻解开叶绳，缓缓掀开箬叶，糯米、箬叶、棕榈叶以及腌肉或豆沙杂糅在一起的香味，直扑鼻翼，绿、白、红等完美搭配，形成了一道味觉和视觉上的盛宴，汇聚成了儿时对端午的最美回忆。

　　奶奶还会将巨大的棕榈叶，用剪刀按扇子大小剪去一部分，放置在门口的矮墙上晾晒。等到晒干之后，奶奶找来一长溜破布条，捧出针线箩，一番穿针引线，小心翼翼地将破布条缝在边沿，一把轻巧的棕榈扇便应运而生了。

　　整个盛夏，奶奶扇不离手，扇子成了她驱赶蚊蝇和纳凉的最佳帮手。当我从外面满头大汗地跑进家门时，奶奶总会用这把扇子为我扇风。随着奶奶的摇动，扇子就像风婆婆的口袋，往外送出阵阵清凉，风中仿佛还带着棕榈叶的特有气息。

　　父亲会教我用棕榈叶编织苍蝇拍。他先将棕榈叶子一根根分开，成为绵软的条状。然后他化身为编织技术娴熟的工匠，让叶条如同蝴蝶上下翻飞，又如鱼儿左右穿梭，在来回折叠中叶条不断契合。不一会儿，带着长长叶柄的菱形苍蝇拍便出炉了。没有用到一针一线，也没有互相扎结，叶条却能完美地叠合在一起，严丝合缝，没有一根突兀地伸出菱形之外。

　　等到棕榈树上结满鱼子似的果实后，就可以开采棕榈皮了。棕榈皮如同马鬃，父亲将它从树上一圈圈割下来带回家，然后用一个铁钩拉成丝丝缕缕的模样。接下来，他将两股棕榈丝分别固定在柱子上，用两个特制的竹器具夹住棕榈丝，左右开弓同时旋转。原先一丝一缕的棕榈丝，在竹器具的引导下，慢慢地聚成一簇，合拢成一股，最后绞合成一根棕绳。

　　棕绳质地硬实，韧性十足，是干农活时日常捆扎常备之物。将棕绳穿到竹箩筐上，扁担就能轻松地挑起箩筐行走了。

母亲有时会吩咐父亲锯下一段细竹竿，然后将棕榈丝绑在竹竿底部，一把棕榈扫帚就诞生了。这样的扫帚，是家庭主妇的最爱，扫起地来不会发出一丝声音，所到之处，细小的灰尘也随之一扫而尽。

积累下一定数量的棕榈皮，就可以请棕绷师傅到家里打棕绷了。棕绷床冬天透气保暖，夏天舒适凉爽，而且棕绳的伸缩功能使它弹性十足，即使日久也不会松垮。

如今，棕榈还因为其独特的造型，进入园林，进入小区，进入了庭院。不管其作用如何演变，对我来说，那一股悠悠的棕榈情都不会消逝。

高跷记忆

留在我记忆中的高跷印象，不是穿着戏曲服装的演员脚绑高跷表演的场景，而是孩提时踩高跷嬉戏的画面，还有奶奶描述的父亲踩着高跷上学的情景。

我们南方的高跷，踏脚的地方离地只有三十厘米左右，上面还有延伸到手掌部分的扶手。在众多的高跷中，最牛的要数底部箍着铁环的，踩在土路上烙下一个一个圆圆的印记，遇到鹅卵石路面，还会敲击出一串"叮叮"的乐音。

看着我满脸羡慕的表情，父亲便挑来两根栎柴，为我精心打造高跷。他在踏脚的位置凿出方孔，将踏脚的一头夯进方孔，并用一根短木棒沿跷身斜着往上顶住踏脚。这一刻，中国木工特有的榫卯构造和三角形稳定原理，在高跷踏脚上得到完美融合。父亲还从工具堆里找出两个铁环，箍在高跷底部。

抑制不住兴奋的我，踩着高跷在院子里摇摇晃晃地走起来，发出"叮叮"的声音。看着我踩着高跷走路的样子，坐在竹椅上的奶奶，脑中不禁浮现出了父亲小时候上学的情景。

奶奶告诉我，父亲上学那年代，家里没有雨靴甚至解放鞋，能在布鞋底胶一层车胎皮就算不错了。学校离家比较远，泥泞的土路成了布鞋的"天敌"。奶奶说，怕鞋底弄湿，有一次冬天下大雨，父亲将布鞋夹在腋下赤着脚上学，直到抵达校门前的小溪边，才洗净双脚换上布鞋。父亲冻红的小脚，留给了奶奶伤心的记忆。

后来，爷爷为父亲打了一副高跷，遇上下大雨，他就会带着心爱的高跷一起上学。由于踩着高跷走路吃力，因此在遇到特别泥泞的路段，父亲才会踩着高跷走上一段。高跷载着父亲安然蹚过一个个"危险"地带，也为奶奶带来了满心的愉悦。

在比我年长七岁的同事王君的记忆中，下雨天教室后墙一排整齐的高跷，一直恍如就在眼前。在他上学的那个年代，解放鞋已经普及，下雨天踩高跷一半是躲避泥路，一半是流行跟风。男生们一个个头戴竹笠，脚踩高跷，闪转腾挪，如同从弥勒佛宽大的袖口跃出的小精灵。在他们身后，留下的是泥泞路面上一个个圆形的涡状小土坑，还有女生们羡慕的眼神。

待到我上学时，雨靴早已稀松平常，因此高跷完全属于一种农家自制的玩具。大家踩着高跷，比谁走得快，比谁闯过的障碍难度大，有时还要互相碰撞，看谁率先被"挑落马下"。高跷留给我的，是童年满满的美好回忆。

儿子只在幼儿园踩过竹节高跷，只有一个竹节，绳子从竹节穿过，手抓住绳子提着往前走，走起来平平稳稳，发出"踏踏"的声音，甚是可爱。儿子没有踩过木制的高跷，不会理解我们童年时在高跷上的美好回忆，更不会体会我父亲他爷爷在高跷上所隐藏着的辛酸故事。

伴随着木制高跷慢慢退居幕后，我们的社会也在快速向前发展，不经意间，高跷的记忆中已经烙上了时代变迁的印记。

消逝的笊篱头

秒针将时间切割成一块一块的碎片，而笊篱头就镂刻在其中的一块碎片上，存在于我的记忆深处。看着表姐夫刚送来的溪滩鱼，我不由得想起了笊篱头，想起了小时候用笊篱头捉鱼的事。

笊篱南北皆有，我们南方的笊篱用竹篾丝编织而成，有些上面连有长柄，有些没有，没有长柄的我们叫它笊篱头。笊篱头是淘米、洗菜的常用农家器具，用蒲瓢舀水倒入脸盆，将米盛入笊篱头浸入其中，水透过篾丝汩汩涌进，用手淘洗一番后，再换水淘洗去除杂质即可。而对于我们这些孩子来说，笊篱头就是用来捉鱼的不二神器。

在靠近河岸的地带，水草茂盛，刚由鱼卵孵化出来不久的小鱼，往往会成群聚集于此。别看它们小，但是反应异常机敏，如果你将手伸进水里，它们马上就像炸了营似的作鸟兽散。等到稍稍平静，它们马上又会重新聚集。抓这些机警的小鱼，笊篱头可以发挥神奇的作用。双手抓住笊篱头的边沿，将它猛地从旁边伸入水中，快速犁向小鱼群，然后马上提起。离开水面后，溪水透过笊篱头竹篾间的微小缝隙滤出，形成一股股的水流，砸在水面后溅起白色的水花。水滤干后，几十只小鱼在笊篱头底部惊恐地蹦跳着，就像调皮的孩子在弹簧床上跳跃一般，展示着自己惊人的弹跳力。

在膝盖以下的浅水地带捉鱼，笊篱头更是必备工具。绾起裤腿蹚进水中，将鱼儿往前赶，鱼儿受到惊吓，必定要就近寻找石块躲藏起来。等到鱼儿钻进石块底下，便悄悄地靠近，将笊篱头竖起浸入水中，放在石块鱼儿入口前。然后一手按住笊篱头，一手轻轻移开石块，将鱼儿往笊篱头赶。等到鱼儿钻进笊篱头后，迅速往上提起。河水瞬间从竹篾丝间滤出，形成蔚为壮观的瀑布流，撞击在水面之上，发出"嘭嘭"的声音，打破了河边的寂静。而活泼可爱的鱼儿只能在笊篱底束手就擒，因为此时它再已无处可遁。如果是捉虾，我们则会将笊篱头放在虾尾处，因为虾感受到危险时，会向后弹射，这样就可以等着它来自投罗网了。

最有趣的要数用笊篱头装扮出鱼窝，来引诱鱼儿啦！在河流的一个小分支上横着放上一排溪石，垒出临时石坝，从岸边连根拔来蓼草填塞在坝体空隙处。渐渐地水流变得越来越小，接着在坝体下方就地挖起沙石筑成简易拦河坝，在中间故意留一个缺口供水流通过。然后，将笊篱头竖起放在缺口处，用泥沙将笊篱两边的缝隙封死，让溪水只能透过笊篱头流出。最后，找来几块扁平的石块交叉着叠在一起，拔来几株蓼草盖在石头之上作伪装，这样一个引诱鱼儿的完美石窝便装扮完毕了。

当水流变小时，鱼儿便会循着水流的方向向上溯游。此时因为水已经非常浅了，鱼儿只要往上游动，便会在涓涓细流中带出巨大的水花。如果是一条大鱼的话，还会有一半的身子露出在水面之上，但却丝毫不会阻碍鱼儿前进的速度。当鱼儿接近鱼窝时，它会甩动尾巴加快溯游的速度，婉若游龙，直至最后一个腾跃，蹿进笊篱头，躲进鱼窝之中。

一只只鱼儿从下游源源不断地溯游而上，划出美妙的水花后，带着我们的喜悦钻进了笊篱头，钻进了它们认为的"安全地带"。我们则躲在岸边，耐心地看着鱼儿钻进鱼窝，待到鱼窝中的鱼儿汇聚到一定数量时，便蹑手蹑脚地靠过去，以迅雷不及掩耳之势，一把放倒笊篱头，将它抱到岸边。轻轻拿开蓼草和石块，一群鱼儿便彻底暴露在我们眼前，鱼鳞在阳光下发出耀人的光芒。将鱼儿倒入盛着水的脸盆后，又将笊篱头放回原处，扮出鱼窝继续引诱鱼儿游来。一个下午的时光，往往就能收获好几碗的溪滩鱼。

年龄数字不断变大，拉开了我与家乡的距离，也拉大了我与家乡那条河流的距离，用笊篱头捉鱼的美好时光，也与我渐行渐远。后来，塑料或铝制的淘洗器具大肆"入侵"，竹篾制成的笊篱头，在它们的步步紧逼中退入少量遗存的老宅中，退入民俗博物馆中。

虽然用笊篱头捉鱼的时光一去不复返了，但笊篱头中蕴含的乐趣早已如水晶般封存在我柔软的心房之中。

横溪泡鲞

美食仙居，八大碗是为招牌也。作为仙居民间招待宾客的正统菜谱，八大碗因与八仙相对，同时配上八仙桌，便让席间沾上了隐隐升腾的仙气。担当主食的泡鲞也是其中的一碗，被称为"国舅泡鲞"。在仙居，要说泡鲞，横溪堪称个中翘楚。

漫步于横溪境内的苍岭古道，在丹枫掩映中，我仿佛还能看到当年这条浙西南要道上一片繁忙的景象。古道不仅连接起了台州与金华、丽水的商贸往来，也让作为内陆的横溪，与本因略显遥远的鲞产生了亲密的接触。

据当地乡贤沈君介绍，为了去除鲞的腥味，民间便用鲞蘸上搅拌好的面粉，放到油锅炸制。不经意间，翻腾的油锅作为媒人，让产于海里的鲞，与产于土里的面粉神奇结合，诞生出了一道独特的美味。"炸"在仙居方言中称为"泡"，"泡鲞"便因此而得名。

岁月轮转，在横溪，泡鲞的制作工艺历经了长年的演变，食材上也发生了变化。在保留鲞的同时，鸡蛋渐渐"入侵"其中，代替了水的功能，使得泡鲞更加脆爽。

选用农家上好的面粉，磕上几个土鸡蛋，拌入调料，与面粉充分搅拌，然后搁阴凉处放置两三个时辰。时间是最好的催化剂，它让鸡蛋和面粉得以完美融合，当筷子伸入搅拌黏性十足时，便宣告了发酵的成功。

柴爿在灶炉里发出"噼里啪啦"的声音，唱响了一首泡鲝的前奏曲。"滋滋"声从油锅中传来，发出了可以下锅的指令。农妇一手用汤匙舀起鸡蛋面糊，一手用筷子夹起鱼鲝嵌入其中，巧手灵动，面糊迅速将鱼鲝包裹。微微倾斜汤匙，面糊轻轻坠入油锅，瞬间便被高温的油所淹没。

随着油温的侵入，面糊开始快速膨胀，最后成为一个拳头大小的泡鲝。此时，泡鲝也会慢慢从油中上浮到油面，当炸完一面，用筷子轻轻夹住一翻，它就转了个身，继续接受炸制。在这一过程中，我们还能欣赏到一支有趣的颜色变奏曲，从刚下锅的白色，到碰触菜油幻化出的淡黄色，直至完全熟透的金黄色。

随着巧手的不断舀动，一团团鸡蛋面糊轻轻坠入油锅，继而绽开出一朵朵的金黄。不一会儿，油面便被这一朵朵漂浮的金黄所覆盖，当油轻轻翻滚时，这些金黄也会随之跳起欢快的舞蹈。

食物也有独特的语言，泡鲝便用变幻出的灿烂金黄，来告诉人们美味可以出锅了。随着筷子轻轻夹动，一个个饱满的金黄便跃入了雪白的陶瓷碗中，面香和着菜油香，直钻鼻翼，冲击向人的味蕾。轻轻咬上一口，外酥里嫩，圆润中带着脆爽，鱼鲝特有的香加上鸡蛋、面粉和油酥的香，瞬间溢满口齿，令人欲罢不能。

在横溪，泡鲝在餐桌上占有重要的地位，逢年过节、请客、办喜事、上梁等均少不了它。一碗金黄脆爽的泡鲝，亦是主人盛情待客的最好表达。

如今，在有些人家，鲜带鱼或肉条代替了鲞，甚至于有时会让鲞隐然于泡鲞之外，但不管泡鲞的制作手艺如何变化，那份堪称经典的美味一定不会流逝。

鸡毛掸子的故事

　　到朋友家新落成的房子参观，温润光滑的大瓷器花瓶中，赫然插着一把鸡毛掸子。看着好像只是个普通物件的鸡毛掸子，却为整个房间增添了浓浓的文化气息。

　　时光回溯，在四千年前的夏代，一位叫少康的男子，偶然看到受伤的野鸡拖着身子前行，所过之处灰尘少了很多。他想这应该是鸡毛的作用，于是就用野鸡毛做成了第一把扫帚，而鸡毛掸子也就应运而生了。

　　老家柜子多，因此在家中，只要有空闲时间，母亲总是鸡毛掸子不离手。铜钿柜、高柜、木箱、八仙桌……但凡有灰尘光顾的家具，都会招来母亲鸡毛掸子的拂拭。有时，除了鸡毛掸子，抹布也会随着来到柜顶上。我们常说：眼里容不得沙子。而对母亲来说，她的眼里容不得灰尘。只要一有空闲，就会挥动鸡毛掸子驱除灰尘。因此，家里无论是柜子还是桌子，都是一尘不染，即使家具已经刻上了岁月的印痕，但还是看起来油光锃亮。

　　搬到城里的新家后，鸡毛掸子的使用慢慢减少，但无论是沙发还是地板，总是被母亲拾掇得干干净净的。时代在变化，劳动工具在变化，而母亲洁净持家的传统从没有变化。如今这一美德也被母亲传递给了妻子，只要有闲暇时光，整理房间便成了妻子的日常操作。

鸡毛掸子一般是由公鸡的尾毛粘在竹柄上制作而成，对于这一截圆圆的小竹柄，我留下的不全是美好的回忆。

一次，我和几个小伙伴去集镇玩。我拿着母亲给的钱，上父亲常带我去的小店买米胖糖。同去的一个小伙伴趁店主转身找零钱时，神不知鬼不觉地拿了一块米胖糖塞进裤兜。看到这不可思议的一幕，我惊得嘴巴可以塞进一个鸡蛋，老半天才回过神来，最后捏着米胖糖浑浑噩噩地回了家。

傍晚，父亲下班回家，将自行车一放稳，便把我叫进了里屋。他问了我到店里买米胖糖的情况，我支支吾吾了半天，没有将同伴的行径说出来。结果父亲倒拿起鸡毛掸子，朝我的屁股上打了下去。记忆中这是慈祥的父亲第一次打我，而鸡毛掸子竟然摇身一变成了打人的"凶器"。

原来当我们跨出店门后，店主就发现少了一块米胖糖，他碰到父亲就诉说了这一情况，店主以为我肯定是那个小伙伴的"同谋"。了解到真相后，父亲轻轻地揉着我被打的屁股，语重心长地说："即使这次你自己没有偷，但是你没有制止别人，这也是不对的。"

鸡毛掸子在身上留下的印痕历历在目，但这一次的挨打，让我明白了不仅要管好自己，劝告别人不能在弯道上行走也是我的责任。经历了更多的事情后，我对父亲的话也有了更深刻的体会。我想，只有在做好自己的同时，人人都来做劝导员，不文明现象才会慢慢消失。不经意间，鸡毛掸子俨然成了点亮心灵的工具。

仁庄板凳龙

龙，鳞虫之长，能幽能明，能细能巨，能短能长，春分而登天，秋分而潜渊。作为中华民族的图腾，龙一直代表着祥瑞。

板凳，农家一样平常物件，但当它一旦和龙合在一起，便立马升腾起了一股氤氲的仙气。

漫步在仙居县溪港乡仁庄村，随处都能让你感受到村民对龙的崇拜。不仅龙潭坑、龙坦等地标中带着龙，堪称当地一绝的板凳龙，更是对这一信仰最淋漓尽致的诠释。在仁庄，对于板凳龙，上至耄耋老人，下到学步儿童，无人不知，无人不晓。

仁庄村的板凳龙由来已久，可以追溯到明代，至今已有五百多年历史。一年一度的元宵前后舞板凳龙，已然成了仁庄人最大的节日活动。每年的正月，仁庄人便会早早地择好吉时，到水口殿请龙头。

龙头制作工艺考究，下托木板，以竹篾扎出骨架，然后在骨架上用纸等材料糊出龙嘴、龙须、龙眼等造型。龙头不仅栩栩如生，而且还汇集了绘画、剪纸等民间艺术。当一个高2.06米、长4米的龙头制作成型摆放在面前，你会不得不惊叹于民间匠人的扎制编糊工艺。

以红绿为主的无骨花灯高高悬挂于龙头之上，朵朵艳丽的纸花盛开其间，透出了浓浓的喜庆气氛。龙鳞均匀密布，加上祥云朵朵，让龙头瞬间变得卿云缭绕，仿佛已经等不及想要腾云驾雾一展仙姿。而在龙头上，你还能找到"狮子挪球"和"八仙"人物造型等各种图案，匠人技艺的精巧随处可见。

当地艺人介绍，龙头制作工艺复杂，原先只在仁庄村内大姓——下新屋王氏族人间代代相传。其他人因为无从知晓具体的制作手艺，同时也没有参与的机会，因此只能耐心等待王氏族人来完成龙头的制作。

如今，这一现象早已改变，在仁庄村，各个姓氏均已有了自己的龙头制作传承艺人。因为在多年的技艺流传中，王氏族人也主动向村人打开了学习的大门，大家一起来共享这一传统的制作工艺。悄然间，和合文化在此生根发芽，板凳龙也见证了仁庄村十六个姓氏的大融合。

龙尾是与龙头一起制作的，而龙身则是各家各户自行制作。以形似板凳的木板为底，以竹篾制作出龙身骨架，用纸糊在骨架上，再用红、绿等颜料在纸上画出龙鳞、祥云等图案。不消谁来提醒，每家的板凳均为2.2米，这在仁庄村早已约定俗成，等长的一节一节板凳龙身，使拼接变得轻松自如。

龙身的制作数量没有规定，每家都希望多制作几节，其中蕴含着美好的寄托，祈祷能人丁兴旺。如果有谁家不会制作，不用上门请教，自会有人主动伸出援手。友爱互助，这一代代相传的美德，也在仁庄村书写着大写的"仁"字。

龙潭坑，传说中的神龙显灵之处。传说虽然遥远，但是潜龙在渊的点点神光依然不时闪现。在仁庄人眼里，抬上制作好的龙头、龙尾到此，向五方龙神一一告请，龙神灵气必会降临。

龙坦，又称大门堂，这里是起灯的场所。在择好的日子，各家各户都会肩扛板凳龙身前往龙坦汇集。烧香点烛，敬献佛礼，然后从龙头开始，一节一节连接龙身。龙桥柱插入龙桥孔中，家家户户的板凳龙身衔接在了一起，一条绵长的板凳长龙匍匐于眼前。

起灯了，人们将长长的板凳龙抬到清音寺，告请娘娘姆，希望这位本土的神仙能为百姓赐福。接下来，便开始在村里或到各村舞龙了。

谁都知道，龙先到哪里，就会将好运先带到哪里。但在仁庄，没有一户人家会争抢，不分族人多少，一切皆按抓阄的结果，舞龙异常平稳有序。如果别村来邀请，仁庄人也会将龙舞到各村。一视同仁，这又是仁庄人为我们诠释出的处世之道。

一人举着龙珠灯在前面开道，鼓乐喧天，长号动地，由几十甚至上百段板凳龙身连接起来的龙，沿着村道蜿蜒前行。龙头、龙尾，以及每节龙身，均有蜡烛点燃，从空中俯瞰，长龙盘旋，流光溢彩。

几十甚至几百人舞板凳龙，不仅仅是一件力气活，还考验着协调能力。在仁庄村，从来没有因为配合不协调，而致龙身脱节，也没有人舞龙时被他人用力过猛而带倒。因为人人心中都装着他人，心往一处想，劲往一处使。

在乡民手中，板凳龙时而似游龙戏水，排成一字长龙阵；时而似蛟龙出海，山呼海啸般飞旋于村头街巷，雄壮而又威猛。粗犷、细腻、奔放、严整，游动起来的龙兼具各种风格于一身，通过这种激情与哲理、娱乐教化合一的舞蹈，人们得到了感官和心灵的双重满足。

除了常见的"大桶旋"，旋转中舞出的一只硕大凤凰，应是仁庄板凳龙的一大地域标签。落灯时节，人们会将板凳龙舞回到龙坦。此时，原先粗犷奔放的游龙，回归安静，变化身姿，幻化出凤凰的美妙样子，温柔、可人。"凤凰硕翼"，这居然是作为龙舞出的造型。在这里，龙和凤完美融合，龙凤合体中诠释着龙凤呈祥。

求财运、求学识、求平安，舞龙结束，人们会抢着将龙须、龙爪灯、龙口灯、龙肚纸等带回家，也将喜气、财运、平安带回了家。"抢"体现了仁庄人对来年的无限期待，但"抢"而不乱，最后总是人人有份，因为在仁庄人眼里，分享中才能得到更大的喜气。

在溪港，在仁庄，板凳龙舞出了数十代人的甘与苦，也舞出了山里汉子的威武和骄傲。板凳龙默默传承着浙中一带的传统民间文化，也保留着书画、剪纸等民间艺术的原生形态。

也许，仁庄人从没有刻意追求"仁"的文化，但他们的骨子里已然流淌着儒家"仁"的文化。凤凰硕翼，龙凤呈祥，相信这个大山里的村庄经过新农村建设的凤凰涅槃，明天会更美好。

麻车坑舞狮

　　狮子，又称狻猊，高大威猛，在国人眼中，狮子是瑞兽，为人类守护着吉祥、平安。

　　麻车坑，溪港乡名片"美女松"所在的村落，四周群山，满目葱茏。麻车坑没有狮子，但也有"狮子"，一种是"轿里狮子"，一种是"滚地狮子"。麻车坑过年、闹元宵时，这两种"狮子"从不会缺席，它们是当地一项必不可少的娱乐内容。

　　在麻车坑，据说"狮子"在清朝的时候就有了。制作轿里狮子和滚地狮子，不仅仅是当地一项民间娱乐活动，更是一项民间工艺，令人庆幸的是，这项技艺，目前在麻车坑还有着很好的传承。

　　轿里狮子，当然离不开轿子。选择上好的杉木，上下横竖各四根木条，中间四根柱子，借助中国特有的榫卯结构，它们牢牢地结合在了一起，严丝合缝。在溪港，在麻车坑，杉木随处可见。就地取材，植树造林，有取有予，千百年来，麻车坑人就这样与自然和谐相处着。

　　然后用木板将上面盖住，再在底下按上四只脚。传承人特别讲了，顶上两个竖着的木条有特别的讲究，越过横档的部分要求有"扁担翘"，一种自然地微微上扬。

红色、绿色的彩纸做成花，扎在轿顶边沿，黄、红、绿各色三角小旗插于顶部木条，竹篾和彩纸扎成的凤凰昂首挺立轿顶，加上自制的无骨花灯，以及丝丝缕缕的黄色流苏，整个轿子洋溢着浓浓的节日气氛。厚布将四根立柱的三方围住，留着一方朝前开，两边分别贴着小幅对联，"国泰民安、风调雨顺"等各种内容表达着乡民们的美好期待。

经过这样一番精巧制作之后，一顶长一米、高一米五左右的轿子就立了起来，狮子也有了安居之所。

在很多地方，传统的民间工艺已经被钢筋、塑料等材料严重入侵，甚至于整个艺术品直接就从工厂的流水线上流出。在麻车坑，狮子的制作原料依然原汁原味，选用的是竹子和龙桐皮，这也是溪港大山里常见的物种。纯手工的狮子制作过程，是对民间工艺的最好传承，也透着承接先人智慧的最大虔诚。

篾刀灵动，竹子变成竹片，竹片变幻成竹篾，乡民获得了最好的扎制原料。细长的竹篾，在匠人的巧手中上下穿梭、互相交合，让人眼花缭乱。不一会儿，一只狮子的轮廓便出现了。

用布包在狮子骨架的外面，然后将已经处理过的龙桐皮取来，制成狮子的毛，并进行上色。不得不佩服于先辈们取材的精巧，龙桐皮的丝丝缕缕和自然卷曲，与狮毛无限匹配，仿佛就是上天的特意安排。

安上木头刻制的眼睛、尾巴，一头惟妙惟肖的狮子便诞生了。轿里狮子和滚地狮子都是一母一子，一大一小。轿里狮子体型精小，而滚地狮子需要人钻入其中操控，所以相对较大。

　　将轿里狮子悬挂于轿前，装上两只滑轮，在后面加上两根横杠，用绳子拴好，调整好长度，便可以表演了。

　　在麻车坑，舞狮是一件非常隆重的大事，择好起灯的日子，需告请杨氏祖先，既表达对先祖的崇敬之心，也是一种历史的绵延传承。

　　正月十五上灯时节，锣鼓喧天，鞭炮齐鸣，人们举着写有"平安"等字样的风灯在前面引路，四个人抬着轿子缓缓前行。六个人在轿子后面拉动绳子操控。随着绳子的一收一放，悬挂于轿前的两只狮子就像得到了指令一般，摇头摆尾，舞动四脚，开始精彩的表演。忽进忽出，忽上忽下，忽左忽右，远远看去，好像母狮呵护幼狮，又似幼狮追逐母狮，显得生动活泼，又富有动感情趣。

　　轿里狮子的表演过程，由众人合力完成，不管是哪一个，只要与他人的配合有丝毫的不一致，便会出现不协调的景况。但在麻车坑，这样的情形从没有出现。不仅仅是轿里狮子表演，在民风淳朴的麻车坑，不管做什么事，齐心协力、和睦相处，早已成了处世为人的信条。

　　轿里狮子表演体现的是巧劲，而滚地狮子表演则是力量与柔韧的完美结合。"打"，随着一声长长的说唱结合的引导声，狮子跟着彩球的运动轨迹，贴地左右翻滚，这便是滚地狮的招牌表演动作。

　　两人一前一后穿上同一件狮子衣，前面的双手捧住头，用力跳跃，后面的弯着腰，用双手扶住前面的人，也用力跳跃。两人默契配合扮演一只狮子，四人合作扮演出母狮和幼狮。

　　一人拿着竹制的彩球在前，引诱狮子往不同的方向跳跃。当彩球高高举起时，狮子后腿蹬地，身子一挺，前腿腾跃而起伸向彩球。当彩球绕往地面，狮子则身体蹲地前倾，嘴巴微微张开咬向彩球。彩球时而高，时而低，忽而左，忽而右，逗引着狮子，而狮子则奋力往球的方向扑。

伴随锣鼓声的变化，引球人喊出唱腔味的"打"字，狮子便会开启滚地模式，仿佛这声"打"字就是滚地的启动开关。狮子顺着彩球左右滚动旋转，速度疾如旋风，如果你此时稍稍眨一下眼，便会错过这一精彩时光。

滚地狮也有温柔的一面。彩球不动时，舞狮人双手举着狮头左右摆动，狮子就不断张合嘴巴，在身上轻轻咬动，狮毛抖动间，憨态可掬。在麻车坑，这样的舞狮动作叫作"咬蚤"，此时狮子收起了往日的威武，尽显乖巧模样。

动若脱兔，静若处子，滚地狮表演过程动静结合，显得生动有趣，又刚劲有力。表演的形式来源于生活，又娱乐于生活。

在中国的传统里，舞狮可以驱邪辟鬼。在麻车坑，轿里狮子和滚地狮子是村民们的精神寄托，淳朴的乡民寄望舞动狮子来祈求平安祥和、五谷丰登，寄望母狮、幼狮同舞，求得子嗣荣昌、子孙绵长。

落灯仪式之后，两种狮子均由活跃回归安静，而麻车坑也由元宵的热闹回归到了田园生活的宁静。

爆竹印象

"正月一日，鸡鸣而起，先于庭前爆竹，以避山臊恶鬼。"这是《荆楚岁时记》关于爆竹的记载。燃爆竹节，发出声响，爆竹因而得名。驱赶瘟邪，逐离恶兽，燃放爆竹，也寄托着人们渴求安泰的美好愿望。直到火药发明后，爆竹与竹子才渐渐划清了界限。

我最早接触的爆竹，便与竹子有关。竹子开花之后，竹叶浓密的竹枝间，会结出一根根细细的鞭炮状的物体，我们给它起名叫"竹鞭炮"。过年前后，孩子们成群地凑到廊檐底下，在一捆捆的竹枝中仔细翻找开过花的竹枝。如果有谁发现了，大家就会一拥而上，将深藏其间的"竹鞭炮"一根一根小心翼翼地折下，如获至宝。手脚有快慢，采得多的也不独吞，自然地会分一些给动作慢的，这样最后每个人都保证有一把"竹鞭炮"在手。

夜色便是无声的集合号，我们一人拿着一盒火柴，在村口的开阔地集中。轻轻擦燃火柴梗，架在"竹鞭炮"的中部燃烧。"竹鞭炮"受热膨胀，最后"嘭"的一声炸裂开来。大家不断划燃火柴，"嘭""嘭"的声音此起彼伏，趣味十足。这便是我最早的鞭炮记忆。

往后便是买来的"炮仗纸"了，上面有一小团一小团的凸起。将"炮仗纸"摊在平整的石块上，找一块拳头大小的石头，照着那一小团凸起用力砸去，"嘭"的一声随之入耳。不停地砸也就不停地响，如同鞭炮连放。心灵手巧的则会用木头和铁丝等材料做出一把玩具枪，撕下一小团当子弹塞入枪中，扣动扳机，橡皮筋拉动撞针，"砰"，声音清脆，和枪声无异。

不久，真正的鞭炮终于到了手中，当然，只能是那种小小的鞭炮。我们擦燃火柴，点燃引线后迅速向无人处扔去。小鞭炮在空中划过一道美妙的抛物线，"啪"的一声，同时冒起一团青烟。后来，引线也消失了，直接将红红的一端往火柴盒上摩擦，快速脱手甩出，远处便会应声传来脆响。

大炮仗都是两响的，第一声升空，第二声则是在空中炸响。放大炮仗是大人的专利，我们只能远远地躲开，双手紧紧捂住耳朵偷偷地张望。因为觉得大炮仗的威力实在巨大，直到现在我还是不敢燃放。

"爆竹声中一岁除，春风送暖入屠苏。"每到过年时节，照例还是有几天开禁时间的。大年三十晚上，外面爆竹声音震耳欲聋，空中烟花争相升腾，艳丽多彩，造型别致。喜庆是喜庆，但也污浊了空气，累坏了环卫工人。

时间推移，如今放鞭炮又发生了变化。前不久，路过一家刚开业的店面，几个人拿着一串长长的气球，往一个特制的铁圈中拉，"嘭嘭嘭嘭"的声音成串传出，喜气洋洋。无独有偶，应邀去参加一场婚礼，主人家用的则是电子鞭炮，"噼里啪啦"声不断入耳，如同在燃放成串的连心鞭炮。去除火药，融入科技，现今放鞭炮是既安全又环保，而热闹劲却也丝毫没有消退。

第四辑

山水如画

至味清欢

那一抹金黄

　　居于城市的时间越久，越容易对季节交替产生麻木，光阴在这里仿佛是停滞的。但对我来说，油菜花开时节却是一个例外。

　　杏花满枝，柳丝吐绿，来自春天的召唤，总让心中自然流溢郊野踏青的悸动。如期驱车前往田野，油菜花淳朴的清香，和着泥土的气息，弥漫于乡野，让人陶醉。那金灿灿的一片，犹如画家涂上了厚重的油画颜料。

　　"儿童急走追黄蝶，飞入菜花无处寻。"循着香气进入花田，无处寻的何止是黄蝶，人也马上淹没在一片金黄的花海中，淹没于一片金色的仙境中。

　　置身花间，儿时的记忆涌上心头，清晰可辨。每到油菜花开的季节，小伙伴们穿梭于花丛，忘情地追逐嬉闹，满地地疯跑，任由炫目的金黄迷乱了双眼，清脆的笑声在田间回荡。

　　"油菜花开满地黄，丛间蝶舞蜜蜂忙。清风吹拂金波涌，飘溢醉人浓郁香。"眼前，蝴蝶在金黄的花丛间演绎蝶之恋。对于蝴蝶，我是怀着一种独有的畏惧的，因为大人常常告诫我们"抓蝴蝶会打破家里的碗"。不过，也有天不怕地不怕的淘气哥，勇敢地张开"魔爪"扑向这些被光环笼罩的精灵。

从一簇金黄追向另一簇金黄，虽然无功而返，但他们毫不气馁，脱下了外面的小单衣，再次扑向了蝴蝶，以迅雷不及掩耳之势，从上往下铺天盖地压了下来。也许是蝴蝶太自信于自己的飞行技巧，也许是太陶醉于采集花粉，居然被衣服兜了下来，被淘气哥捏在手里把玩，却不得动弹。因为黄蝶具有隐身术，而彩蝶数量有限，所以倒霉的自然以白蝴蝶居多了。

每次离开金黄的油菜花田，我都为淘气哥们捏一把冷汗，当然也会怀着一点点幸灾乐祸的心理，想看淘气哥们的好戏。可每一次，我都没有听到从淘气哥家传出碗盆掉地，发出清脆的破碎声，也没有听到他们母亲呵斥的声音。我为他们成功逃过劫难而庆幸，也为好戏没有上演而有点小失落，同时也对那个神奇的传说隐隐产生了怀疑。

如果说对蝴蝶是不敢招惹，对蜜蜂则是不忍驱离，因为我们心中充满敬仰，老师教的诗句时刻在耳畔萦绕："采得百花成蜜后，为谁辛苦为谁甜？"瞧，它们正对着嫩黄的花蕊跳着蜂之舞，这些劳动模范们，在金色的波浪间忙碌着，从这一朵金黄飞向那一朵金黄，仿佛不知疲倦，直到整个脚上沾上厚厚的黄色的花粉。

正好，我也不舍将时间无端消耗在细算花瓣和花蕊上，那就将所有的花瓣，都交给蝴蝶去点数，将所有的花蕊，交给蜜蜂去细数吧！

农人们看着油菜花田生机盎然的金黄，心里甜滋滋的，在油菜花的映衬下，脸上也开出了金黄的花。看着花田，他们仿佛已经看到了，这金黄下孕育出的一簇簇长长的角果，沉甸甸的，把菜秆压弯了腰。角果包裹着饱满的油菜籽，在阳光下闪闪发光。

当一部分角果彻底成熟时，金黄早已变成诱人的黑色，但由于角果成熟有早有晚，需要农人掌握好"火候"，及时将它们收回农家小院，置于晒谷场上曝晒。在烈日下，角果会因为曝晒而炸裂，发出犹如子弹出膛的清脆响声。

对于无法自己炸裂的角果，农人则会拿出用竹子特制的农具——连枷，进行敲打。一根长竹竿，顶上连着竹鞭编成的竹板，挥动竹竿，顶上的竹板就会有节奏地旋转。竹板敲打在油菜秆上，角果仿佛听到指令一般，听话地炸裂开来，乖乖将油菜籽交了出来。

这些黑色的油菜籽，在阳光的照射下发出耀眼的亮光。农人们如获至宝，小心翼翼地将它们聚拢在一起，用双手扒入畚斗，送入篾箩。在经过压榨等工序后，黑色小颗粒就来了个华丽转身，成了菜籽油。纯净的菜籽油除了用于日常的炒菜，还能炸出褐黄的油泡，炸出金黄的油圆，也成就了仙居八大碗之一的美食——金黄的泡鲞。

当然，我更多的是对那金黄的油菜花的挚爱，而油菜籽的神奇妙用，无形之中也让我对这抹金黄的喜爱，得到进一步的叠加。

随着时间的不断推移，油菜花的观赏价值也被人们不断发掘，油菜花节就是对油菜花经济价值全面开发的最好注脚。

为了增添花田的活泼气氛，也增加对孩子们的诱惑力，稻草人也自然而然地跃入了金黄的花海，成了油菜花的忠实玩伴。当然，花田中的稻草人，不仅仅是对叶圣陶笔下稻草人守护农作物情景的简单再现。它们是各类动画片中的卡通人物，它们是经典名著中的人物，它们还是农家各种劳作场景的展示。

这些稻草人在花田间，就像一个个跃动的音符，给花海增添了灵动气息，也衬上了丰厚的文化元素。站在花田高处，远看着金黄的花海，眺望着这些稻草扎成的精灵，就像翻开了一页页古书，巧借东风、真假美猴王、哪吒闹海……一幕幕引人入胜的情景在眼前不断呈现；也仿佛走进了淳朴的农家，犁地、打稻、筛米……让我们重温着农家的田间劳作。当然，还有孩子最爱的熊大、熊二、光头强……

或是带着对大城市冰冷建筑的厌倦，或是对喧嚣场面的厌烦，或是为了寻找心中儿时的记忆，游人们纷至沓来，犹如穿梭的蜂蝶。看着鸟儿振翅丈量天空的高度，呼吸着有别于城市的新鲜空气，心情瞬间得到了最大的释放。

春天，不会落下每一片田间地头，各种花儿伴着春的脚步竞相开放。它们也借着春光来一炫自己特有的色彩，桃花的粉色，梨花的雪白，玉兰的魅紫。但对于这一片金黄，我却情有独钟。它美得无瑕，美得纯粹，一到春天，渐次绽开，朵朵成簇，枝枝相扶，汇成金浪滔滔的花海。

也许时间会冲淡我们的记忆，但是这种别名叫作芸薹的植物——油菜花，却从不曾离开。我总是在不经意间，会恍如置身于家乡的花田，瞥见一缕绝美的阳光，瞥见一抹纯净的金黄。

绿莹莹的永安溪

发于石长坑水库天堂尖，穿越两岸夹峙的山峰，一路蜿蜒向东，最后汇入灵江，这便是仙居的母亲河——永安溪。

如今的永安溪边，一条条绿道依山傍水而建，它们就像牵线的月老，让澄澈的永安溪和青翠的山峦巧妙地结合在了一起。

今天我又一次来到绿道，来亲近母亲河。与九寨沟蓝汪汪的水不同，永安溪的水则是绿莹莹的。站在绿道放眼望去，一个个深潭就像一面面翠绿的镜子，两岸景色尽皆纤细地映在光滑的镜面上。近前，潭面瞬间便将我的身影捕捉，它们以这个特有的方式欢迎我的到来，而我也因此得以和碧水自然地融合在一起。

在一些浅滩处，溪水由浓浓的碧绿过渡到了淡淡的浅绿。在大石和鹅卵石的阻挡下，水流泛起一朵一朵白色的水花，犹如给无边的绿绣上了炫目的白。水中，几条身形修长的白鱼，正在奋力潜游，它们冲破浅滩的阻隔，跃入了更广阔的水域。这些可爱的水精灵轻轻摆动鱼尾，给碧绿的潭面点缀下灵动的莹白。

岸边，柳树、溪萝、樟树，各种本土原生的树木枝叶交叠，焕发着浓郁的生机。循着溪边缓步向前移动，间或会出现一片松林，一片竹林，一片桃林，让人的眼睛不会产生片刻的审美疲劳。

松林里老树虬枝直插云天，巨大的树冠华华如盖，沿溪构筑起一片神秘之境。竹子秀逸挺立，犹如窈窕的少女，叶片挨挨挤挤，有几滴晶莹透亮的小水珠点缀在绿叶上，就像竹子睁开了美丽有神的眼睛。桃树上芬芳吐露，碧绿的桃叶羞答答地躲在团团粉红的后面，和人们玩起了捉迷藏的游戏。

和煦的阳光，穿过繁茂枝叶的层层过滤，缓缓地在树底投下斑斑驳驳的光影，也在大地这张画布上变幻出了一朵一朵摇曳的小花。树下，丰厚的植被紧紧相拥包裹着大地，浓浓的绿色从树上渲染，一路向下延伸到树下，然后轻轻流入永安溪。溪水的绿得益于自身的清澈澄净，也得益于两岸丰厚的植被和葱郁的树木。水与草木和谐共生，在山水间共同织出一片诱人的绿。

马兰头、水芹菜、蒲公英，各种野菜舒展着曼妙的身姿，散布于树下的草叶间。穿着各色衣服的游人看见了，纷纷将彩色的身影投入其中，采撷着难得的美味。瞬间，红、蓝、黄、白、紫，各种色彩融入碧绿之中，在永安溪边描摹下了一幅美妙的水彩画。

行走间，几个移动的白点突然跃入我的眼帘。它们张开轻盈的翅膀，贴着水面缓缓滑行，偶尔沾一下水面，碧绿的潭面就会留下一个慢慢向外扩张的波纹。随着永安溪沿岸生态的不断变好，白鹭这种对生活环境极其挑剔的鸟儿，也越来越多地栖息于此间。

白鹭有时静静地立于水中，安详地接受急流为它们挠痒痒；有时伫立于溪中的大石上，屏息凝视等候最佳的捕鱼时机；有时舒展仙子般的身形，于溪水中翻转跳跃，捕捉游动的小鱼。看着看着，我也觉得自己仿佛成了一只白色的水鸟，展现着凌波微步，在绿莹莹的溪水中嬉戏玩耍，在天地间翩然起舞。

翠鸟、金翅雀、红尾水鸲、白腰草鹬……各种常见的或不常见的鸟类，也纷纷加入这片绿莹莹的世界。它们在这儿安巢落户，在这儿繁衍生息，和人类共享美丽家园。我漫步于绿道，一路上溪水哗哗，鸟鸣啾啾，各种欢快悦耳的声音渐次传入耳中，荡涤着我的心灵。

绿水青山就是金山银山，绿莹莹的永安溪以它纯净的美，吸引着一群群的游客纷至沓来。生活在此的人们也倍加珍惜大自然的馈赠，他们不容许谁对这片水域有丝毫的亵渎，沿溪而上，迎接你的是一路的干净光洁。正因为人们的精心呵护，永安溪也得以入选省级湿地公园行列。

生活在永安溪边的我，特别钟情于这座上天赐予的神仙氧吧。每次置身其间，我的周身就会被浓郁的负氧离子所包裹，它们化身成活泼的小精灵，循着细小的毛孔争先恐后地钻入我的身体，让我顿感身心舒爽。我流连于永安溪边，将满目的烟霞投入清溪的笑靥，也将寄情山水的诗意轻轻滑入澄净的心湖。

人生浮桥

印象中的浮桥，应该是利用自身的浮力漂在水面之上，不完全受自己控制，在水中随波逐流。风平浪静时，人行其上，会稍有些摇摇晃晃；而水流湍急时，人行其上，则如站在正于巨浪中艰难行驶的轮船上，颇有颠簸之感。

听说我县西部有一座网红浮桥，心里便产生了前去实地一探的欲望。一个周末，我和朋友从县城出发，驱车一路向西，前往浮桥所在地。浮桥位于乡政府前的永安溪上，由具有强大浮力的特制材料建成。因为是浮桥，桥底和水面亲密地贴合在一起，所以也就省去了桥墩。

上午，晴空万里，红色的浮桥横在溪水之上，远远望去，如同一条赤色彩练，静静地卧于水面。水上一条彩练，水中一条彩练，两条彩练相偎相依，相互映衬，在永安溪中形成了一道夺目的奇观。

迎着习习的山风，我们迈步上桥，人踏桥上，如履平地。桥两边，永安溪溪水澄澈宁静，微风拂来，水面上泛起点点的涟漪，如同给溪水披上了片片的银鳞。桥栏杆处，每间隔一定的距离，便有一根巨大的钢制圆柱，它们在阳光下闪闪发光，就像巨人伸出的一个个钳子，将浮桥牢牢地定在水面之上。

放眼望去，远处的山峰，如同一只高高隆起的鸡冠，矗立于巍峨的山顶，俯视着充满生机的广阔田野。山光水色，风景旖旎，浮桥成了绝佳的留影之处，也成了一大网红景点，不但本地人会驱车到此一睹真容，很多外地游客也会慕名到此打卡。美景当前，大家纷纷掏出手机，寻找着心中认为的最佳位置，将自己摄入眼前的美景中。直到快吃中饭时，我们才暂时离开浮桥。

不久，天突然下起了暴雨，粗大的雨点重重地落在水面上，在一阵"噼里啪啦"声中，水面上开出了一个个巨大的水花。一时间，山里的小溪水量都开始迅猛增加，它们在浮桥所在的永安溪交汇，只消一会儿工夫，水位便上涨了很多。

吃过中饭，雨势渐渐变小，我们一人撑上一把雨伞，再次踏上浮桥，体验另一番情境。较之上午，桥两边的水位已经大大升高，水流也已然变得湍急，但浮桥却没有如想象中那般，它没有如长龙随波起舞，前后不停摇摆，也没有淹没在水流之中。我们的脚踩在浮桥上，还是出奇的平稳，脚底没有丝毫的摇动感传来，桥面也没有一丁点的水流漫过。

在桥上一番细细地探寻之后，我发现了其中的奥秘，它就藏在那些钢制圆柱上。原来，浮桥只是紧紧套在圆柱上，但人们没有用螺丝等物件将它彻底固定在一定高度，它还是可以根据水位自行上下滑动的。当溪水上涨时，浮桥就借助向上的浮力慢慢上移，待浮到与水面持平时，就自然地固定住位置。当水位下降时，浮桥则也随着水面慢慢下滑。此时，浮桥两端的可移动台阶，也会随着水位变化自然增加、减少。正因为这样的绝妙设计，让浮桥面对水流的变化时，可以从容应对，同时还巧妙地借助浮力支撑，使自己永远不处于悬空状态。

浮桥如此，人生亦如是。漫漫人生，每个人都不可能一帆风顺，总会面对各种各样的困难和挑战，我佩服于能逆势而上创造辉煌神话的强者，我也敬佩于顺势而为稳扎稳打的智者。人生起起落落，如同眼前的溪水涨落，如果我们能像浮桥一样，始终保持一颗积极应对之心，顺着外势慢慢上下调整，就不至于让自己瞬间从高处坠落粉身碎骨，也不至于永远在低谷徘徊不前。浮桥中充满着人生哲理，如果我们能汲取其中蕴含的智慧，便可以让自己永远立于不败之地。

樱花大道

　　樱花烂漫几多时？柳绿桃红两未知。今年春天，樱花又一次在朋友圈刷屏了，而这几天，樱花大道的美图也不出意料地霸占了我的手机屏幕。樱花大道就位于我们这个县城的环城南路，因为中心隔离带中栽种着一长溜的樱花，而在民间得名。

　　每天上下班，樱花大道是我的必经之路，因此对于我来说，樱花大道是一种熟悉得不能再熟悉的存在。如同有过约定，每年的春天，大道中那成排的樱花树上，花儿们就会竞相绽放，一色雪白，甚是壮观。

　　此时正是樱花盛开季节，隔离带中的樱花树上，每个枝头都缀满了娇嫩的小花，花瓣们欢快地挨挤在一起，互相携手小心翼翼地捧出丝丝的花蕊。满树的樱花傲然而立，一朵朵，一丛丛，一簇簇，一团团，层层叠叠，密密麻麻，迤迤然地在环城南路上织出了一片白色的海洋。晴天，在和煦的阳光映照下，白色的花朵发出炫目的光彩。雨天，花朵经过雨滴的滋润，更显纯洁澄澈，真是昨日雪如花，今日花如雪，远远望去，似雪非雪却更胜雪。

"夹岸数百步,中无杂树,芳草鲜美,落英缤纷……"每每诵读《桃花源记》,我的眼前就会出现粉红花瓣如同蝴蝶般纷纷飘落的美景,顿感心旷神怡。看着眼前的樱花,我不禁想:陶渊明是否领略过落樱如雨的奇异景象?如果他看到这样的场景,又会写下怎样的瑰丽篇章?

在微风的徐徐吹拂之下,就有一片一片白色的花瓣脱离树枝,犹如一位位白衣的仙女,迈开轻盈的舞步,缓缓旋转起优美蹁跹的舞姿。当一曲无声的舞蹈终了时,花瓣则在空中徐徐划下一条飘逸的弧线,轻轻掉落在柏油路面上,宛如给大地铺上了白色的花毯。

每次从樱花大道穿梭而过,车在花中行,人在画中游,真可谓赏心悦目。我要感谢城市园林设计师,是你们的独具匠心,让一条路成为一张名片,让一条路成为一种风情。樱花大道不但给人们带来满目的盛景,也给我一天的工作带来了好心情。如今,在仙居,在各地,无论穿行于哪个城市的道路,你都会很轻易地邂逅一道道美丽的风景。因为随着生活水平的快速提高,人们对道路的要求也早已从更宽更直,转到了更美上。

很多人都知道樱花是日本的国花,殊不知樱花其实起源于我们中国,它的原产地为喜马拉雅山脉。查看资料可以发现,早在两千多年前的秦汉时期,樱花便已在中国的宫苑中栽培。到了唐时,樱花更是普遍种植于私家庭院。万国来朝时,日本朝拜者仰慕中华璀璨的文化,也发现了樱花的美丽,便将樱花随同建筑、服饰、茶道和剑道等一起带回了东瀛。

三月雨声细,樱花疑杏花。一到樱花盛放时节,散布于各处的赏樱胜地,就成了游客的首选之地。樱花林郁郁葱葱,那一树一树的樱花如约竞相绽放，铺天盖地，轻轻褪去浮华。漫步樱花林，无限春光绽枝头。偶尔会有几束和煦的阳光从花瓣和绿叶的间隙穿过，投射于地面之上，留下斑驳的光影。有时微风拂来，还会带着几片白色的花瓣从你眼前飘落，如同白色的精灵滑过你的眼前，也滑过你的心尖。

　　樱花蕴含高雅、质朴，代表着纯洁的爱情，也是希望的象征。我颇爱樱花，因为盛放的樱花可以驱散一冬的严寒，让我们昂首迎来新的希望！

神仙湾绿道

　　山为神动，水为韵动，与山水灵性自然结合，就形成了一种"绿色"景观线路——绿道。在仙居，绿道就像一张梦幻之网，从城区沿溪流不断延伸至各个乡镇，成了人们休闲娱乐的一个热门去处。

　　大战乡上回头村至朱溪镇后岸村就是其中的一段，一路极少有人工斧凿痕迹，颇有天然去雕饰之感。由于起点就在神仙湾温泉旁，我喜欢将它唤作神仙湾绿道。周末，几位外地好友到来，我便带他们来到神仙湾绿道。

　　过了上回头水文站，穿过一片古木参天的树林，便与河流亲密接触了。河床有五十来米宽，上面横着摆放了两排丁步，既不破坏河道，又巧妙地联结起了两岸。每块丁步石足有一米来宽，均为从附近山上找来的天然山石，顶部异常平整，人踩上去如履平地。朋友们兴奋地踩上丁步石，留下一串跃动的音符，与潺潺的流水声应和着，别有一番滋味！

　　为了方便骑行者通过，与丁步平行，用石板作路面在丁步上方铺起了一条一米左右宽的小道。平时水穿过涵洞从丁步石间流过，水声清脆，如闻佩环。涨水时节，溪水便会部分漫过石板路，穿越丁步石后奋勇往前，顺着坝体向下冲击形成一线白色的水花，景象甚为壮观。遇到游人多时，骑行和步行队伍双轨并行推进，波光潋滟，人影绰绰，构成了一道独特的风景。

"绿树村边合，青山郭外斜。"在绿树掩映中，隐约间前面现出了一个村庄。村子不大，只有几排青砖瓦房，房子顺着地势临溪而建，显得错落有致。几户人家房前的廊檐下，整齐地码放着劈好的柴禾。竹林间，顶着鲜红鸡冠的大公鸡和母鸡正在觅食。

"榆柳荫后檐，桃李罗堂前。"房前屋后，村子四周，桃树、李树就像点点珍珠散落其间，坡地上种着成排的栗子树，岸边还有高大的杨柳树。溪岸边的庄稼地土壤肥沃，萝卜、油菜、青菜等各类农作物，互相比拼着长势，在眼前显现出一片片喜人的绿意。

"采菊东篱下，悠然见南山。"东晋的陶渊明定是被这样自由闲适的生活所吸引，而复归田园的吧！桃花源般的生活，从此成了陶渊明一生的精神追求。也正因为对田园淳朴恬静生活的热爱和向往，致力于以清新雅致的诗句不负田园美好风光，也才催生出了我国诗歌史上的第一位田园诗人。

不时有几只白鹭从水面悠然飞过，在眼前留下点点白色的身影，也留下了一幅自然和谐的美丽画面。在仙居，人们倍加珍惜来之不易的美丽生态，白鹭、翠鸟等在人们眼前飞翔时，也是带着一份从容和淡定。"西塞山前白鹭飞，桃花流水鳜鱼肥。"此刻虽然没有斜风细雨，我也没有戴着青箬笠，穿着绿蓑衣，但我和张志和的心境应是完全相通的，古与今在这一画面中遥相呼应着，也在互相叠加着。

　　带着这份闲适的好心情一路往前，我们来到了一个斜坡，路基也顺着地势缓缓升高。坡下溪岸边长着高大的杨柳、溪萝，仰赖树林对水土的强大保护，树下附着了厚厚的泥土，各种知名的不知名的小草均在此欣然安家落户。水芹菜、马头兰、蒲公英，这些人们钟爱的野菜随处可见，穿着各色衣服的游人正蹲身其间，他们采摘着自己的心爱之物，为树林点缀上艳丽的诱人色彩，也将自己完全融入了自然。

　　继续缓步往前，就来到沿途坡度最高的路段。叹服于设计师们的巧夺天工，他们仿照城墙的样子，结合原有地形，用古城砖沿着路边垒砌起了护栏。墙顶上齿形垛口一个连着一个，加上坡度较高，远远望去，颇有一番长城的神韵。因而，很多游人将此处称为仙居的八达岭。

　　站在坡顶，徐徐清风吹拂脸颊，四周景物尽收眼底，一股登临长城之巅的豪迈在心中不停激荡。我想当年一代伟人定是在翻越六盘山之后，借着这股豪迈之气，吟出了"不到长城非好汉，屈指行程两万"的不朽词句。如今八达岭的好汉坡，也成了每一个游览长城的游客最希冀登临之地。

　　"九寨沟！九寨沟！"好友们情不自禁地发出惊呼。透过城墙的瞭望口，循着大家的目光向坡下望去，只见溪流在一个马蹄形的拐弯处汇聚成一汪深潭，一眼望去，真的与九寨沟的蓝颇为神似。深潭碧澈静谧，无风时，仿佛一面明亮的镜子，将两岸景色纤细地倒映在其光滑的镜面上。微风拂来，潭面泛起盈盈的波纹，又如一位柔润多姿的矜持少女。潭水晶莹剔透，在两岸郁郁葱葱的绿树掩映下，呈现出一种纯净的蓝绿色，这是天空之蓝和碧玉之绿的完美结合。

　　抬头向对面山上望去，青树翠蔓，林木繁秀。山顶有一座陡峭的山峰，远远看去，就像一支粗大的神奇画笔指向天空，也许是哪位神仙正在描绘美丽的山水画卷呢！定睛细看，才会发现其实还有两座稍矮的山峰立于两侧，它们组成了一个方正的"山"字。再看看身边沉醉于山野的游人，我不禁思绪流转，人和山和谐融合在一起不就组成了一个"仙"字吗？漫步于这样的山水画卷中，不就像置身于神幻仙境之中吗？

　　醉翁之意不在酒，而在于山水之间，此时，我们漫步于绵长的绿道，浑身的毛孔完全舒张，尽情吮吸着充足的负氧离子，活脱脱就是一个个醉翁。这种醉是一种感悟自然灵性的醉，是一种诗意的醉。神仙湾绿道之行，就是一次怡然自乐的神仙之旅。

　　其实，只要珍惜绿水青山，大自然就会给人类献上最好的馈赠，而绿道就是大自然赐予我们的一座天然氧吧。听说绿道还是一座不收门票的四星级景观，好友们更是满脸羡慕地望向我，而我也感到无比庆幸，庆幸于能生活在这样美丽的神仙居住之地。

鸟鸣时相伴

不知从何时起，早晨伴我醒来的变成了悦耳的鸟鸣。

"啾啾""唧唧""喳喳"……伴随着初阳升起，各种鸟鸣声也纷纷入耳，长短不一，顿挫有致，高低起伏。在家中，轻轻地推开窗户，我就能看见鸟儿自由丈量天空的身影，惬意地靠在沙发上，便可倾听到欢悦婉转的鸣叫。

商场购物下楼，我启动汽车准备回家。"叽叽""叽叽叽"，在不时发出的清脆叫声中，我忽然发现车前方出现了两个跃动的小黄点，这是什么情况呢？仔细察看，是两只身材娇小的麻雀，它们原先在花坛里蹦来跳去，不知不觉间竟然来到了露天泊位上。两个小精灵俨然把这里当成了自己的领地，丝毫不惧人的到来，它们互相追逐，翻飞跳跃，在我眼前勾勒起了一幅双鸟嬉戏的灵动画面。

我不忍惊扰，悄悄熄灭汽车，静静地坐在车里欣赏。"叽叽叽""喳喳喳"，待到两只鸟儿重新将玩耍场地转移回花坛，我才驱动汽车踏上回家之旅。一路上，一团团绿意从两边轻轻飘过，与之相伴的还有一个个轻盈掠过的可爱身影。它们或振翼疾飞，或翩然滑翔，或嬉戏打闹，不时发出欢快的鸣叫，好不自在！

近年来，得益于城市的园林化，一个个小公园、小花园不时从楼房间隙诞生，那些碎片化的边角地带，也得到了最大限度的开发利用，成了精致的小绿地。一年四季，不管你走在城市边缘，还是中心区域，总会有一簇一簇的浓荫欣然扑入你的眼帘，它们涌动着生命活力。

那团团诱人的绿，如同月老的红线，牵引着鸟儿将活动轨迹从山林慢慢扩张到城市边缘，进而直抵城市心脏地带。鸟儿们也仿佛为寻觅到了更多的栖息场所而高兴，它们将娇巧的身形立在枝头，埋进浓荫，隐于叶丛。

鸟儿不仅在团团绿意间现出身影，居然在教室也如入无人之境。那一天，我在教室里上课，正讲到生动处，"啾啾""啾啾"，两位不速之客翩然地穿过打开的窗户，飞入了教室。定神细看，我才发现原来是一对互相追逐着的小鸟。它们在窗外嬉戏打闹，来到教室里还是没有分开，在孩子们脑袋上方扇动翅膀，翻飞追逐，欢悦鸣叫，俨然把教室当成了它们飞行表演的大舞台。

对于两位"不速之客"的到来，孩子们只是将惊喜写在脸上，静静地欣赏着精彩的表演，生怕谁不小心大声喘口气，就会惊扰到两位"演员"。而两位小"演员"也没有辜负大家的期待，连续翻转，急速弹射，拿出的均是看家的本领。直到表演尽兴后，它们才悠悠然地穿越整个教室，飘出敞开的窗户，飞向广阔的天空。

还有一次课间，几位孩子急匆匆地跑来搬救兵，希望我能出手解救一只鸟儿。看到孩子们一脸的焦急，我二话不说快速地和他们一起奔向"事发地点"——顶楼多媒体教室，原来有一只黑色的大鸟被困在里面了。它急着想要飞出去，结果一次一次都撞在透明的玻璃上，不时发出"咔咔""咔咔"的碰撞声。待到各种尝试均以失败告终后，大鸟只能无力地躺在窗下的地板上休息。

"叽叽……叽叽……"看到我们几个风风火火赶过来，大鸟不停地颤抖着，将身子往教室的角落里缩，叫声里透着一丝丝惊恐。在确定我们没有丝毫恶意后，它才露出求助的眼神。我轻轻靠过去，将窗玻璃小心翼翼地推开，从地上捧起大鸟的身子，双手托起伸出窗外。大鸟看了我一眼后，微微张起翅膀，慢慢飞离我的手心。不过大鸟没有立即离开，它在窗前盘旋着停留了一刻。"唧——"在再次回头看了我们一眼后，它方才发出一声悠长的鸣叫，就像在和我们告别，然后飞向天空。看着大家伙再一次在天空尽情飞翔，我和孩子们都露出了会心的微笑。

近年来，在校园周边，随时都会看到起起落落的鸟儿，甚至在校园的高大绿树上，有时也会出现成群的小鸟。而对于鸟儿的现身，孩子们早已熟视无睹，从来没有谁会上前试着捕捉。他们只是静静地站在一边，欣赏它们飞行的身姿，倾听它们愉悦的鸣叫。

看着这些情景，我不由得想起了作家冯骥才的那句名言："信赖，往往能创造出美好的境界。"是的，不仅大人们学会了与动物和谐相处，其实孩子们也在付诸实际行动，正因为大家都不主动去打扰鸟儿的生活，它们才会如同串门般地进入小区，进入花坛，进入校园，甚至教室。

时时有鸟鸣相伴，真是一种美好的境界！

绿道音乐会

在仙居，凡有河之处，必有绿道。绿道就像绮丽的珍珠链，沿着永安溪、盂溪、朱溪等众多水系，串起了湍流清溪、秀林翠竹，也伸展开了生态观光休闲脉络。

绿道依山傍水，掩映于葱郁的浓荫中。绿树、翠竹、碧溪，刚踏上绿道，一团团的绿意，便层层叠叠地扑面而来，我的周身也被浓郁的负氧离子所包裹。

道边，一条玉带般的溪流与绿道相伴蜿蜒延伸。在较窄的水域，溪水遇到山石阻挡，形成素湍急流，飞溅起晶莹水花的同时，发出"哗哗哗"的声音，唱响了一曲欢快的奔流之歌。

而在宽阔的地带，溪水聚起了一个个深潭，宛如由绿玉精心打磨而成的一面面镜子。几只白鹭轻轻张开双翼，缓缓滑行于潭面之上，跳起了一段溪上之舞，而这一轻盈优雅的身姿，早已被绿色的"镜面"摄入其中。一曲终了，白鹭也已飞越潭面，落在我近前的石头上休憩。看着这些白色精灵羽翼扇动，我仿佛听到了"噗噗"的轻音有节奏地传来。

行走在绿道，就如同走进了一部鸟类大百科全书，除了白鹭，不时还会有各种鸟儿跃入眼帘。双翅黑褐色，通体暗蓝，红尾上下不停地摆动，那是红尾水鸲。上体黑褐色，腰和尾白色，伸着一根又尖又长的喙，那是白腰草鹬。黑尾、黑翅细而长，身形如同京剧中张飞的脸谱，那是鹡鸰。背部浅褐色，腰部和尾巴上带有金黄色，特别是翅上翅下皆有金色的黄斑，那是金翅雀。还有羽毛翠绿发亮，行动迅疾敏捷，为我们所熟悉的翠鸟。

大片大片葱郁的树林沿着绿道两旁延伸，树隙间偶尔筛下一缕两缕的阳光。松树上裂开的树皮，天然形成了清晰的纹路，就像给树身穿上了一款精致的衣袍。樟树、溪萝、枫树上，一团团的新绿在枝头跃动，展示着强大的生命活力。一阵清风拂来，树叶们仿佛得到了指令，纷纷摆动迷人的身姿，发出"簌簌"的轻音，演绎着一首欢悦小曲。

风过后，高耸入云的枝叶间传来了几声清脆的啼鸣。是几只云雀不甘寂寞，站在高高的树杈上亮开了自己的金嗓子，声音清亮，穿透力十足，仿佛有青云直上之感。

一曲终了的间隙，旁边山坡上又传来了几声短促有力的鸟鸣，富于跳跃，兼具乐感和动感，像极了顿音、颤音，我猜它们可能在演绎间奏吧！

旋即一串婉转美妙的鸣叫，从绿叶丛中悠悠然飘出，声音柔美圆润，如同清醇的甘泉缓缓流淌，这也许是一位甜歌皇后吧。此时，又有一串笑声般的鸟鸣从高大的树丛间传出，声音中带着诱人的磁性，就像是一串美妙的滑音。定睛细看，是一只拖着长长尾巴的大鸟正立在枝头，伸长了脖子，不仅羽毛华丽，而且姿态优美。我不由得想：连滑音都能表现，不愧为专业的歌唱家啊！

你方唱罢，我方便登台，中间还有高难度的对唱表演。樟树上的一只鸟儿刚发出一串清亮的啼鸣，对面溪萝树上的几只鸟儿便和上一阵欢唱，不仅声音齐整，而且微微带有"和音"共鸣的味道。

其他鸟儿也不甘落后，它们在一段精彩的对唱之后，也纷纷亮出了自己的歌喉。一时之间，林子里各种鸟鸣有节奏地相互应和着。在这里，鸟儿们自发组成了一支金牌合唱队，把树林当成了金色大厅，而来往的游客就成了最虔诚的听众。

听，高的苍劲激越，挺拔有力；低的甜润纤巧，韵味十足；长的清朗流利，秀润缠绵；短的紧凑明快，带着弹性。它们的声音富于变化，间或还会出现如附点和沙音般的演唱效果。虽然没有谁在指挥，但配合异常默契，因为它们天生都是专业的歌手，该谁出场，不用提醒自会出场。歌曲表演张弛有度、抑扬有致、顿挫分明，使人听来酣畅淋漓。

沿着绿道缓缓向前，各种美好的乐音丝丝入耳。不经意间，我已经漫步到了南峰山脚。眼前峭立的山崖边迤迤然伸出几枝山花，紫的像一缕霞衣，红的像一团火焰，白的像一片玉雪，为绿道装点上绚丽的色彩。掩映其间的木质长廊中，婉转甜润的越剧唱腔，伴随着清丽悠扬的二胡弦音，从廊中缓缓飘出，飘向潭面，飘向天空。

绿水青山就是金山银山，风景如画的蜿蜒绿道，吸引了如织的游人往来穿梭。漫游于绿道，五步一景，十步一音，随处都可领略秀美山水，随时都可欣赏人间天籁。绿道，好一条亮丽的珍珠链！

下各赏花行

跫音不响，春帷不揭，正值惊蛰天，田野间油菜花儿竞相开放。

"走，看油菜花去，看稻草人去！"同事郭君极力邀我前去看花赏景。我们从仙居县城出发，驱车往东大约十五公里，就来到油菜花节举办地下各镇。

下各，因村下有岩形似龙角而得名（在当地"各"和"角"同音)，蜚声远播的道家第十洞天——括苍洞，就在其境内。一入下各，远处群山起伏，卿云缭绕，也许是道教先师葛玄正在炼丹吧！仙姑岩、音空崖、脱凡坑、麒麟岗……听郭君介绍着一个个景点名字，更不由得让人联想起道骨仙风。

括苍洞宽敞清雅，道观依着山势而建，和山洞融为一体，一进连着一进，每一进都别有一番洞天。四周翠峰碧涧纵横，修竹苍松罗列，环境异常清幽，自古就为文人骚客登临览胜之处。"欲游此洞已多年，今日同来亦偶然。洞里真人虽羽化，苍苍旧岭自苍天。""古洞藏真不记牢，翠岩苍壁故依然。怪来一夜清无梦，人在仙家第十天。"宋代仙居籍名臣吴芾、仙居县令刘光登等登临留下的诗作，犹在耳畔。

沿着穿镇路一直往东，便来到了油菜花观赏地。眼前一座古朴的单拱石桥，犹如德高望重的老人俯身于清溪之上，倒影投入水中，拼出了一轮皎洁的圆月。游人悠然穿行于桥上，在水面上留下绰绰的光影。古桥的右前方，一座六角重檐凉亭立于水中，飞檐高挑，亭中坐着几位游人，正悠闲地欣赏着桥上的风景。此情此景，让我想起了卞之琳的诗，是啊！你站在桥上看风景，却不知看风景的人正在亭中看你。

跨过古桥，金黄的花田铺天盖地般扑入眼帘。油菜花儿如同婀娜的少女，尽情展现着玲珑的身姿，一朵朵，一团团，一簇簇，在你眼前织出了一片无垠的金色海洋。柔美的光晕下，一朵朵油菜花闪现着晶莹的光芒，也留下了簇簇的花影，如同浩瀚的金色花海泛起粼粼的波纹。当微风拂来，朵朵花儿在枝头轻轻摇曳，金色花海上随之翻涌起层层的波浪，犹如满目的金子在无边的绿毯上恣意流动，到处流金叠翠。

金色花海中的一组稻草人吸引了我的目光，表现的是古人修堰的情景，有的手拿簸箕挖土，有的用铁钎开凿山石，有的推着独轮车搬运石块，栩栩如生，惟妙惟肖。近前细看，牌子上赫然写着"汤归堰记"，读着文字介绍，我的思绪也飘向了七百多年前的宋朝。

南宋嘉定十六年，因无水灌溉，下各平原虽有良田数百顷，却不能种植水稻。当地富户羊溥找到另一富户汲渊商量修堰，郑重地说："能用我之财，不费人之财，则筑坝、疏凿成；用我之田，则沟洫成。"他们毅然出资修凿堰渠，民众纷纷响应，车拉肩扛，挖渠砌坝，修堰场面热火朝天。当清澈澄净的溪水被引入良田时，民众发出了如雷般的欢呼。"下各熟、仙居足"，从此，下各平原一跃成了产粮区，而羊公和汲公却耗尽家财。"雨自天，而功归汤。"羊汲已去，功德却被永远铭记，"博施"和"济众"的尊称就是最好的褒奖。修堰精神感召了一代一代的下各人，人们不断整修扩建，如今灌溉面积比原先又翻了一番。天道不足，人力可补，幸福生活就来源于勤劳的双手。

郭君引我来到了他的得意之作前，一组稻草雕塑——"新大禹治水"。"古有大禹治水，今有五水共治，五水共治让水质变清，也让河渠重新鱼虾成群。"他在介绍着作品，也在颂扬着新时代的大禹精神。

放眼望去，田野间阡陌交通，沟渠相连。低头看去，堰水潺潺奔流，几条鱼儿正甩动尾巴欢快地向前游动。鱼之乐，亦是人之乐也。新农村建设让农居换新颜，白墙黛瓦，绿树翠竹，小桥流水，加上回环的长廊和通幽的曲径，组成了一幅清新和谐的乡村水墨画。无论你走到哪里，每一处均可捉景入框，每一处亦可展袂成画。

油菜花昂首绽放，稻草人盈盈招手，游人们纷至沓来。他们带着满心的欢悦踏入油菜花田，随即就被这无边的金黄所淹没。穿着各色衣服的游人在花田中穿梭，也为金色的花海绣上了点点艳丽的色彩。身披金黄外衣的彩蝶，像神奇的魔术师，当那一点跃动的黄坠入大片纯粹的黄时，倏地消失不见，让人不得不惊叹于其高超的隐身术。花田间一条条小径相连，孩子们在其中追逐、嬉戏，玩得不亦乐乎。大人们闻着清新的花香，欣赏着童话般的稻草人，一个个陶醉于安闲飘逸之中，早已在悠然境界中完全忘了自我。

　　一个个油圆炸成了金黄，刚出锅就被游人抢购一空。一个个板栗在农妇的巧手炒制中，笑出了一朵朵花，转眼又到了游人的手中。农户家门前摆放着番薯干、笋干、土蜂蜜等特产，游人穿梭流连，选购着自己心仪的物品。几户农家乐正在招呼着光顾的游客，忙得不亦乐乎。

　　沾衣欲湿杏花雨，江南三月烟如画。天空飘起了小雨，春雨就像绢丝一样编织起细密的雨帘，给群山披上了蝉翼般的轻纱，给大地罩上了一层薄薄的烟雾。油菜花得到雨丝柔柔的滋润，如同出水芙蓉一般，更显清新脱俗，不染一丝尘心。温润的金色花海，如黛的远山，加上流连于乡野小径的花伞，仿佛整个世界都沉浸在朦胧的诗情画意之中。

　　千年不语汤归堰，古韵犹存下各镇。一拨拨的游人被油菜花和稻草人吸引，又何尝不是被这原汁原味的乡村美景所吸引呢？一代一代人精心呵护着神仙居住之地，让这里成了天然氧吧，有谁不愿到此进行一次洗肺之旅呢？大自然永远都是无私的，你呵护着绿水青山，绿色生态亦会为你献上金山银山。

　　拾一片金黄入眼，闻一丝馨香入心，载一段美好入梦，庆幸在三月遇见最美的你。

山后秘境

在老家，打开房门，螺蛳岩便映入眼帘，螺蛳岩其实不是一块石头，而是一座山，因山形酷似一只爬行的螺蛳而得名。

沿着村头小路一直往西，就来到了螺蛳岩山脚。泵站是此处唯一的地标性建筑，门口有一处向外伸出的悬崖，离水面足有五米多高。泵房墙基爬满绿叶稠密的青藤，墙基底下是几方巨大的岩石，部分没入水中，高于水面部分则被踩成了一条窄窄的小路。手拉藤条，脚踩岩石，即可翻越泵站来到山后。

由于螺蛳岩山体遮挡，山后幽静异常，恍如世外桃源。来到山后，脚下首先踩到的便是一块巨石，球形部分悬于泵房之下，离水面有两米多高。屋柱粗的抽水铁管从球形巨石旁伸入水中，成为攀缘的天然凭借。脚踩管节，轻轻一纵，就来到了另一方巨型的平坦岩石上。站在此处往上看，壁立千仞，山体仿佛被人为齐齐削过一般，任是猿猴也不易攀缘。

溪水缓缓而下，上游部分较浅，有几处才刚没大腿。几条小白鱼晃动尾巴，正迎着水流悠然潜游，数条沙泥鳅伏在水底的沙堆上，一有风吹草动立马一头扎进沙堆，完全遁了身形。在巨型的岩石前，则形成了一处深潭，潭水异常澄澈，仿佛一块绿色的玻璃。夏天时节，这片幽静之地就成了孩子们的乐园。

生活在我们村的孩子没有不会游泳的，即使你不自己主动下水，也有人会把你从浅浅的地方拉下去，倒逼你学会游泳。以至于很长一段时间来，我都不能理解为什么还会有那么多的"旱鸭子"。

清凉的溪水中，一人定定地立于其间，用双手托住你的下巴，大声指挥你手脚并用努力使身体浮出水面，场面极为有趣！初学的我们在水里使劲划拉着手臂，小腿上下不停摆动拍打水面，如同两个鼓槌敲击在锣鼓上，发出"咚咚"的声音，在水面激起一朵朵巨大的白花。经过几天练习，品尝了几回呛水的滋味，自然也就学会了游泳。

随着练习次数的不断增多，渐渐地，我们便敢下到深潭里游泳了。一看到绿宝石般的潭水，个个就如深谙水性的鸭子，欢蹦乱跳地将整个身子迅速投入其中。随后，大家又变身成一只只可爱的青蛙，充分伸展开四肢，划动着奋力前游。绿潭成了最好的练兵场，我们自由自在地变换着各种不知名的泳姿，尽情地在水中自学泳技。

时不时地，我们还会像泥鳅一样钻入水下。水底的沙石朦朦胧胧地出现在眼前，定睛细看，只见几条沙泥鳅安然地伏在沙堆之上，它们伫然不动，嘴上的"胡须"随着呼吸而轻轻晃动。对于我们这些不速之客，身处深水中的它们却没有丝毫的恐惧，直到双方快要触碰到一起，才轻轻翻个身钻入沙堆中，只留下几个漩涡状的小沙坑在沙堆之上。当快要憋不住气的时候，我们便脚底一蹬迅速上浮钻出水面，大口地呼吸着新鲜的空气。

偶尔有几条白鱼从身边游过，肚皮白白的，泛着粼粼的银光。当你不去打扰时，它们便在你身边慢慢悠悠地游动着，好像伸手即可轻易捉到。而当你伸出手欲加擒拿时，它们便倏地向四处逃散，消失得无影无踪。

深潭也成了我们游泳比赛的最佳场所。比赛名目均为自创，如比谁能够最快游到对岸，谁一口气来回游的趟数最多，谁最快从水底抱回一块大石头，等等。有时也比谁在水中憋气时间最长。大家深吸一口气后，同时钻入水中，在水下互相牢牢盯住对方。渐渐地有几个小脸憋得通红，腮帮已经鼓鼓的了，但还是尽力忍住，直到嘴边气泡不断冒出，才不得不浮出水面。这时，获胜的一方才慢悠悠地浮出水面，露出脑袋，用力甩动头发，发尖上的水珠在空中跳了一段舞蹈后纷纷掉落水中，胜利的喜悦洋溢在脸上。

在水中打水仗也别有一番情趣！朝准对方用力地拍打水面，向前带出一波巨大的水龙，划出一道美妙的弧线后，水龙直直冲向对方，待碰撞到身体，便会激起一串串宝石般的水珠，然后纷纷掉落于深潭的怀抱。打水仗时，每个人都仿佛成了拼命三郎，即使被对方拍来的水龙劈头盖脸地罩住，眼睛很难睁开，还在奋力向前拍击水面还击，直至眼睛实在睁不住了，才一头钻入水中，来个"金蝉脱壳"逃遁而去。

跳水也是我们的一大喜好，而球形巨石就是一处天然跳台。我们一个个争先恐后地站上巨石，相继纵身下跃，随着一声声巨响，身体直直坠入水中，在水面炸出巨大的水花，迅速淹没在清凉之中。随后我们又像一只只水鸭子浮出水面，用双手轻轻抹去脸上的潭水。

有些胆子特别大的，嫌球形巨石不够高，跳起来不够刺激，遂从原路翻过泵房，径直来到房门前那处高高的垂直悬崖，过一把高台跳水的瘾。没有丝毫的停顿，助跑几步，快到岩石边缘时，脚弓一用力，身体就像按了弹簧重重地弹了出去，随后迅速下坠，"嘭"的一声在水面上炸出一个巨大的漩涡，水花飞溅出一米多高，而身体早已深深地埋入水中，过了好大一会儿才重新露出水面。

水性特别好的有时也会玩水底走路。事先挑选好一块较大的石头，抱着下水，身体迅速潜入潭底，借助石块的重力，保持住站立的姿势，迈动步伐向前行走。由于潭水较深，在岸上你只能看见一个模模糊糊的身影。憋气水平不够高的，走到一半就会有一个一个巨大的气泡从潭底冒出，随后一个黑乎乎的脑袋就迫不及待地冒了上来，而石块早已被扔在潭底。憋气时间长的则抱着石块一直稳步向前移动，直至整个身体慢慢露出水面，而姿势依然从容。

"偷得浮生半日闲，一半夕阳带秋山。"有时，我们会仰面朝天躺在水面，就这么躺着，任由潭水漫过身体，让周身都被清凉包裹。阳光照射入水中，幻出斑驳的光影，犹如天空投下的一张巨大幕布。偶尔会有几条鱼儿游过，调皮地吹个小泡泡，或是在你腿肚上咬一口，或是在胳肢窝上啃一下，旋即又快速逃离，只留下一阵轻微的酥痒。这种惬意的感觉无法与外人道也，每每直至太阳西斜，我们也不愿归家。

每个夏天，山后这处所在成了我们最流连忘返的神秘之境。也许时光会慢慢冲淡记忆，但童年在山后秘境中的欢乐情景，却始终如同电影胶片般定格在脑海深处。

仙梅红了

　　紧随梅雨季节而来的甘霖，为杨梅山带来了水淋淋的碧绿，也让杨梅树点缀上了亮丽的红色，这红色是杨梅果发出的特有物语。

　　记忆中最早接触到的杨梅，它的颜色不是发黑的红，而是一种淡淡的青色或淡淡的红色。那时走遍村前的大山也寻不见几棵杨梅树，因而只要杨梅稍稍泛出一点红色，便成了一种难以抵御的诱惑。盛在碗里的杨梅，青中带着微微的红，肉刺坚硬异常，一口下去便酸汁四溅。因此，好长一段时间，留在我心中的杨梅印象，便是这种酸酸的味道。以至于读到李渔的"南方珍果，首推杨梅"时，我是百思不得其解。

　　时代列车前行，人们思路变得活络，家乡的杨梅种植面积逐年增多，高的山，矮的坡，几乎都被一棵棵翠绿的杨梅树所覆盖。栽培技术的全面推广，各类品种优中选优，也让杨梅的品质不断提升。渐渐地，"仙梅"成了仙居杨梅的代名词，杨梅树也蜕变成了摇钱树，守着家里的杨梅树，农民就能轻松迈上致富路。而我所能看到的红，也不再只是微微的红，而是红得发黑的红。

"五月杨梅已满林，初疑一颗值千金。味胜河溯葡萄重，色比泸南荔枝深。"端午节一过，仙居的杨梅山上，红色的果子便缀满枝头，让树身涂抹上了异常浓重的喜庆色彩，如同待嫁姑娘的红妆，特别惹人喜爱！听说山上的杨梅红了，我便邀上三五好友，沐浴着雨后清新的空气，呼吸着充足的负氧离子，欣欣然地踏上了采摘之旅。此时，杨梅山上笼罩着薄纱似的袅袅云雾，杨梅树在其间若隐若现，我觉得自己仿佛进入了一个如梦如幻的仙境。

都说夏季是属于绿色的，但此时的杨梅山上，红色当仁不让成了炫目的主色调。浅红、深红、暗红、黑红，仿佛要把世间的红全都在我们面前——展现。而颜色的深浅，也成了人们判断杨梅成熟程度的最好标签。站在杨梅树下，闻着特有的草木清香，我仔细地找寻那些红得发黑的果子，细瞧之下，真是个个"玉肌半醉红生粟，墨晕微深染紫裳"。终于，禁不住高高枝头上红果的诱惑，我以粗大的枝条为凭借，轻巧地攀到了树上。迎着习习的山风，采摘着黑红的杨梅果，我的心情无比欢畅。

手指灵动间，一颗红得发黑的杨梅，如同调皮的红球跃入我的手心，经过一道漂亮的抛物线后，便乖乖地落入口中。我闭上眼睛，轻轻咬动牙齿，柔软的内刺间汁水流淌，满嘴的甜，也稍带丝丝的酸，酸甜相融成就了独一无二的美味。怪不得明代大学士徐阶，会写出这样的诗："折来鹤顶红犹湿，剜破龙睛血未干。若使太真知此味，荔枝焉能到长安？"我想，如果杨贵妃尝到杨梅的美味，她的喜好一定会随之迁移，而杜牧也会将"一骑红尘妃子笑，无人知是荔枝来"，改写成"一骑红尘妃子笑，无人知是杨梅来"吧！

仙梅这一舌尖诱惑,如同一股强大的磁场吸引着四方游客,到仙居品仙梅成了杨梅采摘季的主旋律。眼前的杨梅山上,身着花花绿绿衣服的游客,穿梭于杨梅树间,给杨梅林衬上了斑斓的色彩。一拨一拨游客慕名而来,品尝着黑红的美果,尽情感受美果对味蕾的冲击,也将欢声笑语留在了果树之间。看着纷至沓来的游客,果农们笑了,他们知道守着大山致富早已不是一句空话。

坡地杨梅,高山杨梅,利用海拔差开展梯度开发,让杨梅季得以尽可能拉长,即使炎热的七月,我们还有机会一品生津解渴的杨梅。科学防治,生态管理,擦亮了"绿色""有机""无公害"的名片。"世界杨梅在中国,中国杨梅出浙江,浙江杨梅数仙居。"仙梅打响了自己的品牌,成了不折不扣的网红果品,我知道,这是一种偶然,也是一种必然。

网络就像月老的红丝线,一头连着果农,一头连着顾客,成了杨梅销售的一大重要阵地。高速路上,一箱箱杨梅随着四通八达的路网,快速传递向全国各地,它们既联结起了亲情、友情,也让杨梅生发出了更大的经济价值。如今,仙梅不仅红遍大江南北,还远销国外,成功跨出了国门。

绿色的杨梅山成了真正的金山银山,纯生态的杨梅产业也当仁不让地成了当地的支柱产业。"绿水青山就是金山银山",我想,只要我们用心呵护好绿色的大自然,就一定会得到最好的馈赠,眼前的杨梅不就是高品质发展的最好典范吗?

"颗颗黑珠树中藏,此物只在五月有。有人过此尝一颗,满嘴酸甜不思归。"边采摘边品尝着仙梅,不知不觉间,篮子里也已经装满了红红的珍果。我不禁要问:当人们沉醉于这黑红的网红美味中时,又有谁愿意归去呢?

江南悬空寺

　　天空高阔，山林秀逸，踏着清翰林编修潘耒的足迹，我来到仙居东南的朱溪。如城的方岩四面绝壁如削，巍巍然耸立云端。人称江南悬空寺的小方岩，即处于方岩的山腰，在云雾相映中若隐若现，仿佛方岩那深邃的眼眸，不禁让人浮想联翩。

　　小方岩悬空寺，原名狮子洞，当地人喜欢直呼小方岩，为我国四大悬空寺之一。寺庙镶嵌于方岩山悬崖绝壁之间，建在一处状如狮子的巨岩下的缝隙之中。寺庙丹崖飞阁，与岩穴浑然天成，四面危岩高耸，白云封渡，生发着一股非凡的气势。

　　沿着蜿蜒的山路拾级而上，一路云雾缭绕，林木荟蔚。登临寺中，岩石峥嵘，空穴来风，颇有飘飘欲仙之感。寺庙建于岩穴之下，整体坐东朝西，洞寺一体，洞中有洞，洞洞相通，让人感觉仿佛进入了洞天玄境之中。岩穴最高处达三米左右，最低之处也可容人弯腰通行。寺中佛像依着岩穴地势摆放，显得错落有致。

　　悬空寺外墙开着数量众多的窗户，窗外安置着几处香炉。轻轻推开窗户，迎着习习的山风，看着袅袅的青烟，瞬间使人神驰荡魄，凭虚御风、徐徐飞升之感在心底油然而生。临窗凭眺，四面山峰环绕，山下阡陌交通，河流房屋尽收眼底，令人心旷神怡。

接近于寺庙尽头，有一条小径向东横伸进岩穴，足有六七米深。里面分布着两个蓄水池，将由岩体渗下的山泉水汇集起来。侧耳倾听，可以听到清脆的滴水声在庙宇石壁间轻轻回响。轻轻掬一捧山泉水入口，清冽甘甜，沁人心脾。

据寺内碑文记载，清道光年间，狮子洞便建有胡公殿，香客、游人络绎不绝，洞内青烟缭绕。后改狮子洞为"小方岩"，因此直至今日当地人仍喜欢沿用小方岩的称呼。清同治年间，有一天台道人慕名来此打坐修炼，遇到胡公显圣，于是就在这里扩大建筑规模，依着岩穴构造，在悬崖裂缝处修建了一座颇具规模的寺庙。后又历经多次翻修扩建，才有了如今的江南悬空寺。

"山不在高，有仙则名；水不在深，有龙则灵。"小方岩悬空寺中没有翻腾的游龙，也没有飞升的仙人，有的是被后人奉若神明的胡公——胡则。对于胡则，一代伟人曾经说过："其实胡公不是佛，也不是神，而是人。他为人民办了很多好事，人民纪念他罢了。"

是啊！百姓不会忘记为民办事的人。明道元年（1032年），江淮大旱，饿死者众，胡则上书求免江南各地身丁钱，朝廷下诏特许永远免除衢、婺两州身丁钱。两州之民感其德，纷纷立祠祭祀。今永康方岩便有胡公祠，而被称为小方岩的江南悬空寺，也因此而供奉着胡公像。

"六十年来见弊由，仰蒙龙敕降南州。丁钱永免无拘束，苗来常宜有限收。青嶂瀑泉呼万岁，碧天星月照千秋。臣今未恨生身晚，长喜王民绍见休。"从胡则留世的诗作《奏免衢婺身丁钱》中，我们还可以清晰感受到，当年胡则为民求免身丁钱，百姓感恩戴德的场景，以及他自己内心由衷的喜悦之情。

作为婺州（今金华）有史以来第一个取得进士功名的文人，胡则一生为官四十载，力求仁政，宽对刑狱，减免赋税，革除弊端，可谓政绩斐然。为官一任，造福一方，我想这正是胡公由人而神的原因吧！

站在高大的胡公像前，我感慨万千。人生只是须臾之间，像胡公一般能由人得以封神者，只是万千中少之又少的特例。如果将自己放入茫茫天地之中，那么我们就如同沧海中的一粟，假使随波逐流，便会瞬间被历史洪流无情吞没。

我们活在这世间，不一定要刻意去追求为官造福一方，但每个人都是社会的一分子，都有属于自己的工作，如何在天地之间活出自我，终归需要我们掌握好人生的方向盘。路在脚下，活在当下，我想只要每个人都好好地活出自己的人生价值，哪怕只是一朵花开的刹那芳华，社会也会多一股前进的正能量。

我深深沉浸在遐思里，蓦然抬头，晚霞慢慢染上了天边。在落日余晖中，我携着一缕清凉的山风，以轻松的脚步跨出这江南悬空寺，踏上了归家的旅途。

隐仙庵寻仙

清潭映日，细雨上苔。在一个冬日，我慕名踏上了寻仙之旅，前往仙居县城向东约十公里的下各镇林下村群峰拱卫下的隐仙庵，一处传说中的世外桃源。

由县道拐入村道，经过几个弯，在一段回廊般的水泥路尽头，一座高大的殿宇，隐隐约约显现在山峰夹峙的山坳之中。这便是我要找寻的，始建于元代天历年间的隐仙庵，当地人又称之为小官塘。此处三面陡峰屏蔽，竹木滴翠，云雾蒸腾。这应是一处神仙修炼的绝佳之所吧！因为我依稀闻到了丝丝的仙气。

庵前有一方大水塘，塘边立着一座六角凉亭，名曰"双狮亭"。坐在亭中小憩，塘水波光粼粼，微风徐徐吹来，水面泛起层层波纹，心旷神怡之感溢满全身。

庵后，一座山峰瘦削而立，如同一把出鞘的利剑直插云天。当地一直流传，这座山峰乃吕洞宾的佩剑，因吕洞宾曾隐逸于此修炼道法，所以得名隐仙庵。仙剑峰，这是我本次寻仙之旅找到的第一样神仙物件。

庵内人员告诉我，隐仙庵还有五大神兽护卫呢！顺着他的指点，我抬头仰望，左边三座山峰巉巉然而立，中间的山峰犹如一头大象，正伸着长长的象鼻畅快地喝水。大象边上的山峰，如同一只尾巴向外头向里的狮子，悠闲自在地漫步山间巡视领地。如果我们换个角度看左边的整座山峰，你会发现那又是一只伫然而卧的狮子。近前斜着看右边的山峰，巨岩间也隐逸着一头大象，粗腿清晰可见，鼻子向前轻轻甩动。不远处还有两座山峰，分别为神鼠峰和犀牛峰。

"横看成岭侧成峰，远近高低各不同"，望着眼前罗列的奇峰，兴奋于找到神兽的同时，我也不得不感叹大自然的神工鬼斧。

大水塘前，有一座新落成的两层殿宇，坐西朝东，榫卯结构严丝合缝，飞檐斗拱精巧别致，屋檐四角神兽坐镇，典雅中透着大气。

绕过这座殿宇，里面又是一番别样的光景。这里是隐仙庵最初的建筑，殿宇素洁古朴，整体坐北朝南，大殿巧妙地布局于右边的巨岩之下，其中一半即为天然岩穴，半洞半殿，与山岩浑然一体。中间为一天井，天井西面的岩石间有几棵绿树，生机盎然，树上挂满了红布条，它们承载着人们对生活的美好寄托。

一排厢房与殿宇在巨岩处交合，由最北面的一间厢房进入，斜斜的岩顶构成了这间厢房的天然屋顶。东边开着一扇圆形的拱门，向门外望去，山后汩汩流出的溪水在此汇集，形成了一方粼粼的水潭。我不由感叹：神仙就是神仙，修炼之处是一个仙气汇聚之地！

和煦的阳光投射到潭面之上，留下斑斑驳驳的光影，无数的小鱼游动在光和水合成的影幕之中，如同伴随神仙隐匿于此修炼的一个个小精灵。看着看着，我也仿佛化成了一个活泼的精灵，隐入潭中跟随仙人左右，修炼道法。

由大殿边上的石径蜿蜒而上，可以直达山顶，沿途分布着十来个大大小小的山洞。有些洞中泉水叮咚流淌，如同金石敲击作响。有些洞内怪石盘曲趴卧，好似动物聚首相会。有的山洞幽深狭长，伸手不见五指，需要借助电筒光亮才能勉强前行。有的洞顶上分布着一些细小的孔洞，阳光从上面斜斜地投射进来，在岩壁上留下若明若暗的光影。

各处岩穴互为相通，有些被开辟为了天然的殿宇。看着眼前的这些洞穴，我不禁思绪流转，它们定是当年神仙在此相聚时，各自修炼打坐之所，如今仙人早已羽化飞升，但洞天福地依然得以留存。

漫步庵内，一些散落的陶片和陶纺纶不经意间跃入我的眼帘，据说这些陶器均为新石器晚期之物。由此推算，早在四千多年前，这里可能就是人类群居生活的场所了。看来，这个群峰屏蔽、洞穴密布的山坳，不仅仅为神仙所青睐，也为先民所喜爱。在隐仙庵，人与仙对居所的选择，已然不谋不合。

走出庵门，一股清风在心头拂过，缥缈于云雾之中的奇峰定格了我的思绪。在隐仙庵这个脱世绝尘之所，静谧让一切都在时间的河流里慢慢流逝、沉淀和过滤。我想，如果我们能在心中开辟出一片栖息宁静的领地，那么即使是一个凡人，也能成为潇洒飘逸的神仙。

第五辑

心灵美景

至味清欢

心的方向

　　在众多的植物当中，向日葵属于特征尤其明显的一类。你看，一望无垠的田野中，托着一个脸盆似的"大圆盘"，没有人会说自己不认识。而它最大的形象标签，则是每天都会跟随着太阳，朝着心中笃定的方向慢慢转动。因此有人说，向日葵就像健康的人生，坚定而执着地向着梦想前行。

　　和朋友上牛尾山，一路古木参天，脚踩厚厚的落叶，犹如踩在柔软的西域地毯之上。下山的时候，在一处转角处，我被眼前的一幕景象深深吸引。这里有一棵樟树，树干庞大，但树冠不是我们常见的近似于伞状。它的枝条几乎一顺儿都是朝向北边生长，叶片互相交叠，密布于枝条之上，硬是在宽阔的路面上，横空架起了一道密密层层的浓荫。

　　涌动的好奇心驱使我停下了脚步，经过驻足端详，我似乎找到了一些端倪。樟树的东边紧挨着一座两层的房子，既挡住了阳光，也没给大树留下太多的生长空间。南边有一棵更大的树，显然它来得更早，已经占据下大片的位置，奠定了自己一树独大且不容撼动的地位。而西边则是一堵巨大的岩壁，那是一道无法逾

216

越的冰冷阻隔。

唯有北面还留有一线空隙，留有丝丝缕缕异常可爱的阳光。对阳光的无限渴望，对生长的无比执着，让樟树汇聚起全部力量，往北面这唯一的空隙生长，从而形成了眼前这一幅极不对称的景象。

眼前的樟树虽然只是默默无语地矗立，但它却已经用行动告诉了我们，只有坚定地循着心灵的方向，勇敢而执着地向前，才能让自己置身于充足的阳光下。

一次，前往一座高山寻景，那是一座异常高大的山。群峰掩映的山路旁，一块大石扑棱棱地跃入了眼帘。大石不高，直削削而立，在岩石中间的夹缝中，长有一棵小树，就如同一枚楔子顽强地嵌入其中。小树没有几张叶片，但是它的底部有一团物体，看起来特别显眼。我猜这应该也是它的树枝吧，因为夹缝狭小无法伸展，所以枝条蜷曲成了一团。

这不起眼的一团，对于我来说就像是一块磁石，发出强力的磁场吸引着我移步向前。定睛细看，这一团竟然不是树枝，而是根须！我揉了揉眼睛再看，确实是根须！这样看起来，树身就更显矮小了，枝叶寥寥无几，而根须则密密麻麻，在眼前形成了一组极不对称的景象。

此岩石质地坚硬，我随手拿起一块石头轻轻敲击，"叮叮"，清脆的声音从耳畔传来。围着岩石仔细搜寻，唯有这一处夹缝有一绿色植物，其他地方则是寸草不见。说是夹缝，在我看来其实仅是一丝裂缝而已，雨水冲刷后也极少能留存泥土。对于任何植物来说，这里既没有宽松的生长空间，也没有可供充分吸收的土壤养料，生存条件可谓极其恶劣。对小树的一丝敬佩之情，慢慢地在心底产生。

再看，小树的根须因为找不到落脚点，有很多是干枯的，在习习山风中轻轻飘动。看着这些随风而动的枯树根，我的脑海中清晰地显现出了根系顽强生长的情景。在漫长的生长过程中，它不断地伸出根系寻找着稍稍可供着力之处。在一轮轮不懈探寻中，很多根须都以慢慢干枯而告终，但同时，也有几根以极致的生命张力突破了冰冷的阻隔，顽强地扎入了石缝。就是这几根在常人看来似乎微不足道的根须，维系了小树的生命。虽然贫瘠的土壤提供不了充足的养料，但终归还是让它得以存活了下来，成为坚硬岩石上傲人的一抹绿，唱响了一支属于小树的生命之歌。

也许当初受到山风的捎带，一颗微小的种子无意中飘进了夹缝。因为不甘心在无尽的黑暗里沉沦，在坚硬的岩层里湮灭，它循着心的方向，迸发出向上生长的无穷力量，最后终于探出了脑袋，守得云开雾散，获得了阳光的沐浴。

想到这一层，再去看这棵小树，我觉得它不再渺小，已然如同一棵华华如盖的参天大树。小树带给了我深深的震撼。生活从不给我们从容准备的时间，也不知道下一个路口会是哪里，等待我们的会是什么，但是只有循着心的方向勇敢地走出去，才能获得属于自己的一片天地。

海芙蓉

　　登上大陈岛后，在客栈前的海港大堤上看到一种植物。它种在一只只小小的花框里，长相有点类似于多肉，植株个子不高，不到近前还发现不了。

　　询问街边的人家，也不能确定是什么名字，只是告诉我当地人习惯叫"岩头蒿"。在好奇心的驱使下，我迫不及待地打开手机求助百度，显示的是海芙蓉。回头再去看这种植物，虽然名字很好听，但好像也没有什么特别之处，与惯常种在花坛中的那些植物相比甚是不起眼。为何当地人会在众多植物中，偏偏选中它种于花坛？一个小小的疑问，在我心头悄然升起。

　　略微整理一下，便坐上汽车前往甲午岩，此时疑问暂且被搁置在一边了。沿着甲午岩转了一圈，便朝着灯塔所在的位置走去。一路上尽是悬崖峭壁，猛烈的海风直灌入脖子，即使只是初秋也让人感到阵阵的寒意。岸边，一个海浪裹挟着另一个海浪，不停地拍打着礁石，发出巨大的声音。由于土壤稀缺，加上海风的长期"蹂躏"，岩石上极少有植物能惬意地生长，因此表面显得光溜溜一片。而因为几乎没有绿色植物的存在，一眼望过去，山崖近乎呈现出单一的褐色。

穿过索桥继续漫步向前，忽然，褐色的崖壁上一个小绿点跃入了我的眼帘。起初我以为是一丛野草，因为对于小草的生命力我早已领略，便不甚在意。走近细看，却发现是一棵状似多肉的植物，从茎上分出众多细小的枝条，几十片叶子半抱于枝头，就像倒撑开的一把把小伞。它，原来就是我在堤岸上看见的海芙蓉。

再放眼望去，崖壁上还有不少，它们散落于各处，给褐色的崖壁点缀上了难得的绿色。看着海芙蓉在海风的猛烈冲击下摇曳着矮矮的身体，一股崇敬之情也由心底冉冉升起。

在如此恶劣的生存环境下，很多植物或扛不住海风的"蹂躏"，或经受不了土壤极度贫瘠的考验，只能默默接受被淘汰的命运。而在众多的植物中，海芙蓉却成了一个另类。它们跟极少的几种植物一起，不畏猛烈的海风，不惧贫瘠的土壤环境，毅然寻找着那些细小的崖缝和岩窝，向下伸出自己的根须，向上倒撑开一把把"小伞"，顽强地生存下来。这种形似多肉的植物，居然有着如此生命毅力，能在这一海岛之地扎下根来，这着实出乎我的意料。

在大陈这个生活条件异常艰苦的海岛，需要的正是这种迎难而上的顽强毅力。当年大陈岛满目疮痍，百废待兴，垦荒志愿者们在困难面前没有丝毫退缩，他们积极响应号召毅然登岛垦荒。土地贫瘠，物资极度匮乏，这些在先辈们眼中看来都不可怕。他们用自己勤劳的双手，硬生生地在乱石间开垦出了能长庄稼的土地；在海风肆虐的近海处，养殖起了仅限于北方部分沿海地区养殖的海带。他们，也书写下了"艰苦创业、奋发图强、无私奉献、开拓创新"的大陈岛垦荒精神。

我想，海芙蓉也是对大陈垦荒精神的一种生动诠释，只有不向艰苦的环境低头，才能开辟出一片属于自己的幸福天地。

站在山顶远眺，只见崭新的房屋分布于海岛各处，码头上人来人往，呈现出一片繁荣的景象。行走在岛上公路，瞻仰垦荒纪念碑，我对先辈们的精神也有了更深刻的感受。不靠天，不靠地，靠着一腔热血，靠着一股子永不放弃的精神，人们战天斗海，让昔日荒凉的大陈岛蜕变成了如今充满活力的海上明珠。

踱步回到客栈，又一次看到堤岸上的那些海芙蓉时，我的内心感到异常亲切。我想，当地人将这种他们称为"岩头蒿"的植物种在最显眼的位置，也许蕴含着一种美好的寄托：希望自己能像海芙蓉一样扎根海岛，希望人们时刻不忘传承先辈精神。

西潭听瀑

多年前任教于一所乡村小学，由学校向西约行八百步，翻过石坝，便可见一河流。一道拦河坝横亘其间，坝的上游汇聚成一汪深潭，因处于西面，人们便将此处唤作西潭。

每天下午放学后，我喜欢捧上一本书到西潭。河水从拦河坝上漫过，飞流而下，奔腾在坝体之上，形成蔚为壮观的瀑布流。瀑水有力地砸入下游，翻涌出一朵朵的白莲花，也带出了巨大的轰鸣声，在两岸高山的阻隔中不停回荡。

听着瀑声，看着坝体上游静如绿镜的深潭，我不禁感叹：如果没有拦河坝的阻隔，哪有这滔滔的瀑声？更不会让柔软的潭水开出美丽的白莲花。人又何尝不是这样？有了挫折才成就了精彩的人生。

近身来到瀑布前，瀑声如同万马嘶吼，又似机器轰鸣。翻开书页阅读时，瀑声直击耳膜，嗡嗡作响，如同有人拿着几十面羊皮大鼓，不停地在耳畔敲击。书中的一个个文字，就像不停晃动的风铃，在我眼前急速闪动，而后飞跃而去，倏地消失不见。

西潭有的是清静处所，干脆换个读书之地吧！但转念又想，古人都能闹中取静，我为何不能做到呢！我要与瀑声争雄，因此便坚持于瀑布旁大声地朗读。但朗读声和水声甫一相遇，便如同匹匹布帛瞬间被无情地撕裂。朗读声在宏大的瀑声前显得如此渺小，只能被淹没，被撞击得粉碎。

我不气馁，连续多日来此大声朗读，到西潭听着瀑布朗读，亦渐渐成了我每天放学后的必修课。慢慢地，朗读声穿透了瀑声钻入耳膜，时间越久就越清晰。是自己的声音盖过了瀑声吗？肯定不是。静心思索，我明白了，由于高度专注于书上内容，让稍轻的读书声得以不断放大，顺利钻入了耳际。人生需要历练一份定力，而这份定力也在听瀑中慢慢累积。

渐渐地，我惊喜地发现，即使在巨大的瀑声中默读，一个个文字也如放电影般清晰地跃入眼帘，跳入脑中。而此时，巨大的瀑声不再只是轰响，仿佛化成了轻柔的音乐，专门为我的朗读配乐伴奏。当晚霞从空中流泻下来，河面上跃动起无数的江花，为西潭抹上了迷人的色彩时，我才会依依不舍地合上书本踏上归途。

宏大的瀑声蕴含着无穷的生命力，每一次来西潭听瀑读书，就如同是一场心灵祭拜，这是人心与瀑声的交融。在听瀑读书中我也在蓄积着人生力量，凝练着生活的秘诀。

西潭听瀑读书的日子是惬意的，瀑声震撼着我的心灵，也冲开了我的再学习之门。在各类知识的不断累加中，我轻松跨过了成人本科高考大关，也为讲台生涯积淀下丰厚的储备。西潭听瀑亦让我迎来了人生的转折，成功地从乡村学校考入了城区学校。

岁月漫漫，西潭悠悠，瀑声中记录下了我的一个个读书故事。西潭听瀑读书让我延续了奋发向上的激情，也推动着我带着无限的希望不断踏上新的征程。

郭渔翁

郭渔翁姓郭，因为对钓鱼情有独钟，便索性将自己的微信名也标记为渔翁。而我便依照微信名，称呼其为郭渔翁，久而久之，也便省去了其真名。

但凡能称得上渔翁的人，在钓鱼上应该都有自己的一套，郭渔翁也是。

一个清晨，郭渔翁邀我跟他一起到野外去钓鱼。在一座大桥边上，我们下了车，然后沿着一条小路直插河湾"尾角"处。这是一个漏斗形的小水塘，只有一个窄窄的出口与外面的河流连接。看着布满藻荇的塘面，我感到有点纳闷。我极少钓鱼，但我觉得鱼儿一般都喜欢逆着水流潜行，这近乎死水的"尾角"水塘会有鱼吗？加上塘中水草横生，万一鱼钩被缠住怎么办呢？

郭渔翁看着一脸疑惑的我，只是笑了笑，便在一处水草略少的地方，用自己制作的酒米精心打了窝，然后放下了鱼竿。我则拿出一本书，坐在一块大溪石上欣欣然地看了起来，当然也会不时地观望这边的钓鱼情况。只见郭渔翁雕像般坐着，两眼一动不动地注视着潭面。都说做写生模特很难，因为要长时间保持同一姿势不变，看了郭渔翁钓鱼的样子后，我想只要你做着自己痴迷的事情，难事也会变得异乎寻常的简单。

这时，我发现那座"雕像"突然动了一下，紧接着收竿、上网兜、收鱼，动作潇洒写意，就像在看太极武术表演一般。在一气呵成的动作下，一条在阳光下闪着白光的鲫鱼，蹦跳着进入了鱼护。换上鱼饵，放下渔线，郭渔翁随即又进入了"雕像"状态。一个上午下来，放线、收竿、上网兜、收鱼，钓鱼的一套基本动作不断地在我眼前上演，好像要生生地把我这个门外汉培养成钓鱼高手。在"雕像"和"太极宗师"之间的不断转换中，鱼护中的渔获也越来越多。

在收起最后一竿时，郭渔翁笑呵呵地问我是不是对选择这一个地方感到疑惑，我奋力地点了点头。他告诉我，鲫鱼又被称为"鲫小姐"，天生胆小，遇到危险会迅速躲进草丛或草洞，而且游累的时候也喜欢找这些尾角来休憩。他还直截了当地说，这些是他在书上看来的，可不是他的实践总结哦！我有点惊讶，看来他已经把钓鱼当成一门学问在研究了，这才是真正的酷爱。更难得的是，在时人都喜欢煞有介事地说一套实践中摸索出来的话语，来为自己增加神秘感的当下，他居然就这么直白地说是从书上看来的，这份质朴就更显得不简单了。

钓小白鱼也是他的日常项目。这次，郭渔翁找到的是一个浅滩，这里溪水刚刚没过小腿，溪底遍布着大大小小的鹅卵石，急流在阳光下泛着盈盈的粼光。他告诉我，鱼鳃中布满毛细血管，急流可以增大鳃丝的间隙，帮助更好吸收氧气，所以好多鱼喜欢逆水而上。当我还在努力理解这些文绉绉的话语时，郭渔翁已经绾起裤脚蹚入水中，身体如同一截笔直的树桩立于急流间。水流急速而下，遇到双脚的阻挡飞溅起一朵一朵的小白花，随即又淹没在高速前行的急流中。

郭渔翁伸出手臂，抛出短竿，刚放下去，钓线就被水流冲出了四五米远。此时，他迅速将钓线收回，又从身前抛出，如此循环往复。看着眼前的一幕，我的脑海中不禁浮现出这样的景象：无垠的稻田中立着一位稻草人，在风的带动下始终不知疲倦地摆动手臂，只是郭渔翁是快进版本的。几分钟的时间，鱼竿已经这样从上往下循环往复移动了几十次，仿佛"稻草人"安装着一条机械手臂似的，永远不知疲倦。

当他右手将鱼竿轻巧地往身前提的时候，便意味着一条小白鱼上钩了，随着左手一滑，鱼儿"倏"地便进入腰间的鱼篓中。"稻草人的机械臂"在不停地快速移动，鱼篓中的小白鱼也越来越多。

夕阳西下，晚霞将微红涂抹在溪流上，原先微白的浪花幻化成一朵一朵的小火苗，在水面上不停地跳跃。这一抹微红也爬上了"稻草人"的身体，爬上了他那黝黑的脸庞，他惬意地收起最后一竿，拍了拍鱼篓冲我憨憨地笑了。我能清晰地感受到，鱼篓里已装填下了满满的渔获。

与一般钓鱼人火急火燎地回家不同，每当收好钓具的时候，郭渔翁便进入了第二个忙碌的时间段。他从兜里欢快地掏出手机，弹钢琴般拨出了一连串号码，然后便将渔获分成几份，站在公路边悠然地等候。不久，便有一个两个驱车赶来的友人，在路边互相说笑了几句后，就理所当然地从郭渔翁手里接过一袋渔获。看着友人提着渔获离去，笑容也洋溢在郭渔翁的脸上。

有时，郭渔翁会将渔获直接带到土菜馆，邀上三五好友小聚。我发现，当友人拿筷子夹取鱼肉时，他往往会停箸注视，注视友人夹取的动作，然后紧张地注视其吃鱼的表情。当友人舒展开笑脸时，他绷紧的面容才会舒展开来。我知道他特别在意人家对他钓的鱼肉质的评价，就像淘宝商家盼望得到买家好评一般。

　　有时，郭渔翁会将剩下的部分渔获放养在家中。他家有一只高大的陶瓷缸，安放在屋角，上面飘着一些浮萍，鱼儿在这里就像待在家里一样。等到大家有空闲的时候，他便会邀请挚友到家共进鱼宴。郭渔翁烧鱼极少用佐料，就让鱼肉在清汤中小火慢炖。他说天然野生鱼本身就是最好的调料，原汁原味才是烧鱼的正道。出锅时，鱼汤如同牛奶般浓稠，我轻轻抿上一口，淡淡的清香缓缓袭来。

　　天然的就是最美的，不要去刻意修饰，追求本真才能活出更好的自己，郭渔翁的烧鱼之道也是我们的人生处世之道。

田径队的"应爸爸"

应老师带的田径队成绩斐然，但我和他相识，却不是在训练场，而是在学校成人教育工作的一次交流中。他对成人教育如数家珍，给我留下了深刻的印象。那一年，因为我工作调动，我们俩幸运地成了同事。

开学之后，暑气未退，他带着一群弟子在跑道上训练。孩子们个个汗流浃背，但脸上却洋溢着灿烂的笑容。面对高温炙烤和大运动量训练，在普遍娇生惯养的当下，为什么这群孩子还能如此笑容满面呢？问号在我脑中慢慢升起。

起跑线上，应老师手捏跑表笔直地立着，脸上始终带着慈祥的微笑。在我的印象中，田径教练都是满脸威严的，只是今天看起来好像不全是这么一回事。

"哔哔"，结束哨音一响，孩子们一窝蜂似的冲向体育室，那里除了有一片难得的阴凉，还有应老师专为弟子准备的水。孩子们一边"咕咚咕咚"喝水，一边围着应老师说笑，像一群"叽叽喳喳"的小麻雀。应老师则微笑地看着大家，微笑，是他给我留下的最深印象。

学生做课间操时，我发现应老师总是微笑着在队列周围转圈，眼睛就像一台精准的扫描仪。当寻到一位有潜质的学生时，他就会耐心地向班主任了解其平时的表现，尤其是与同学相处的情况。在他看来，田径队就是一个大家庭，如果不能和同学和睦相处，资质最好也不会入选。

平时，训练时间一到，应老师便早早站在场地微笑着等候，而弟子们则是陆续蹦蹦跳跳着赶来。认认真真完成各项训练任务，弟子们在一一与应老师告别后，才高高兴兴地离开。开心而来，快乐离去，在见惯了叫苦连天的训练场，这样的场景，应该算是一道难得的风景线了。

应老师不仅关注弟子们的训练质量，还很关心他们的学习情况。每次训练结束时，他都会谆谆教导，嘱咐弟子一定要做到训练学习两不误。我无意中还发现，在训练时间段，应老师时常会带一些水果和小点心给他的弟子们。看着"小秘密"被我发现，他憨厚地笑了笑，跟我说这是他和孩子间的美食分享。

县里召开运动会，我陪他提前一天去熟悉场地。刚踏入操场，就有一群"大麻雀"向我们"飞"来，瞬间扑进了他的怀里。应老师微笑着一个一个亲切地叫着名字，询问着学习和训练情况，原来这些"大麻雀"也是他的得意弟子，现已升入初中。

他们一看到应老师，就像看到了久未见面的慈父，紧紧围在他身边。应老师和他们一起聊着，聊以前训练时的趣事。说到孩子们当年取得的成绩，应老师更是如数家珍。在人们眼中，相聚的时间永远都是短暂的。现任教练一次次来叫热身了，这时，孩子们才一步三回头地慢慢挪动着步子，而应老师则嘱咐大家一定要做到训练和学习两不误。

　　运动会开始了，应老师耐心地指导着弟子热身，直至将他们送进参赛场地，才默默地退到一边。他眼睛紧紧地盯着赛场，默默地为弟子加油。不管哪个项目，只要比赛一结束，每个弟子总会第一时间搜寻应老师的身影。无论弟子结果如何，他总是马上微笑着上前递水。当获得佳绩时，他会和弟子击掌相庆，而当成绩不太理想时，他则会用慈祥的话语安慰落泪的弟子。

　　偌大的运动场异常空旷，风从四面灌进来。一下赛场，应老师就细心地嘱咐弟子及时穿回外套，以免感冒。比赛最后一天，天空飘起了蒙蒙的雨丝，整个运动场被雨丝织进了一张寒冷的网中。此时，应老师跑前跑后更是忙碌。他叮嘱每一位弟子，一定要在项目一结束就马上换上干燥的衣服，而他自己衣衫尽湿，却丝毫不觉。

　　在我看来，这些运动员在应老师眼中早已不是一般的弟子，他们成了大家庭的一分子，而师爱则是维系这一大家庭的情感纽带。

　　因学校上报数据需要，我到校办翻阅获奖资料时偶然发现，自从应老师带田径队以来，学校参加县运动会频频获得佳绩，还屡居全县之冠。但若从学校的规模来看，我校在全县只能算是中等规模学校，能取得这样的成绩实属难能可贵。

　　都说严师出高徒，但我从应老师带田径队中看到了，慈师也能带出高徒。此时，我脑中原先的问号早已悄悄拉直，成了一个大大的感叹号。

乒乓教头老项

　　老项是我多年前任教过的一所村小老师，脸呈红褐色，性格爽朗，在仙居小学乒乓教练界是一个传说。

　　老项中师函授毕业，与体育系从无交集；镇里教职工乒乓球比赛，老项也不是叱咤风云的人物。但当学校希望老项来兼任镇女队乒乓教练时，他没有丝毫犹豫便接过了沉甸甸的担子。

　　老项挑队员很特别。他会根据选拔赛结果，向任课老师逐一了解平时表现后圈定一份名单。然后他还要自己暗中观察一阵子，用老项的话讲这叫考察期。在老项眼里品德和意志力永远排在第一位，哪怕天赋再高，如果这两项不过关，绝对不会选用。而老项还会引导她们将这种品性用在学习上，因此他的弟子往往都能成为品学兼优的学生。

　　老项之前从没有带过乒乓队，也没有进行过专门培训，但老项认为摸着石头总能过河的。作为门外汉，他边看书边揣摩，对动作进行分解，并逐一反复试练后，制定出了一份训练清单。

　　开始的一个多月，都是枯燥地练基本动作，也就是老项说的"打地基"。对于挥拍、移动、搓球等基本动作，他层层设立关卡，只有通过前一项，才能进入后一项训练。如果哪位弟子动作稍有不到位，必然要反复练习，直至他满意为止。

老项每天除了教好自己任教的语文和体育等学科，便是泡在乒乓室里。他的妻子常笑着对我们说，老项待在乒乓室的时间比和她在一起的时间还要多，看来在老项心中弟子可能比妻子还要重要。

老项对弟子要求异常严厉。有一次，一位弟子光顾着与同学玩耍，到乒乓室时已迟到十多分钟。老项拉下红褐色的脸，一言不发将她逐出乒乓室，让她站在外面边看其他人练边反思。在弟子诚心认错后，还必须单独加练一个小时，当然老项也会留下来陪她一起练。如果哪位弟子出现第二次迟到，老项会毫不犹豫地将她开除出队。老项告诉我，一位纪律意识淡薄的队员，关键时刻肯定要掉链子。

老项教乒乓还有一个绝招，那就是四处"找对手"。在弟子们渐渐上路后，他便把学校里的老师一个个邀请到乒乓室，和他的弟子们对打。老项的脸是红褐色的，但从来没有和同事红过脸，所以大家都乐意来。几个月后，弟子们的水平得到了很大的进步，在学校里已经找不到对手了。

这时，老项便又四处出击寻找新的"对手"。听说镇里开车的司机是个乒乓好手，老项软磨硬泡终于把他拉到乒乓室，结果弟子们被打得落花流水。临走时，老项神秘兮兮地跟他讲，你现在水平比她们高，过几天就不一定了。在老项的激将法下，这位司机几乎天天来。一来二去，司机也与老项建立了深厚的感情，他倾囊相授，队员们水平突飞猛进。

老项第一次带队到县里，因为没有名气，其他教练把他当成了一个保障后勤的老头。可每次比赛老项总能载誉归来，一个偏远山区乡镇的乒乓队，连年进入了团体冠亚军决赛，单打比赛进入前三名更是家常便饭，以至于城区的大学校都惧怕和老项分在一组。老项也依靠自己的弟子们，在县乒乓球赛场书写下了属于自己的传奇。每一次背着奖牌回来，他红褐色的脸憨厚一笑，说这都是大家一起练出来的，他只是沾了大家的光而已，便马上开始新的紧张训练。

　　几年前，老项光荣退休了，学校里比他乒乓水平高的老师大有人在，但辉煌战绩却没能成功续写。看来，乒乓水平并不顶尖的老项能留下一段传说，自有不一般的原因。

闪亮的军装

　　路过征兵体检场地，发现人群在有序地移动，青年才俊们踊跃前来接受挑选，以获得报效祖国的机会。每年，当有新兵入伍，村里、乡镇都会敲锣打鼓欢送，而新兵们披着大红花，被簇拥在中间，闪亮的军装成了人群中最亮丽的风景。

　　一直以来，对于身边熟悉的人能参军入伍，总会感到由衷的喜悦。家里第一个参军的，是我的小叔。小叔入伍很长一段时间后，终于给家里回了信，信封内还夹了一张照片。一身戎装的小叔昂首挺胸，精神抖擞，以至于当时的我觉得，穿着闪亮军装的小叔应该是最帅气的了。

　　后来小叔获得探亲假回家，一身军装，英气逼人。挨到他脱下帽子时，趁他不注意，我悄悄地将帽子戴在小脑袋上，溜出了家门。我走着正步，沿着村道走向热闹之处，头上顶着绿色军帽，也顶着大大的自豪，过了一把当兵瘾，虽然军帽整整大出我的脑袋一圈。

　　上师范时，开学第一周便是军训，我也第一次得到了体验军人生活的机会。武警教官穿着闪亮的军服，他们细致地讲解每一个动作要领，并以标准的姿势为我们示范。一个动作练规范后，教官才会让我们转入下一个动作，由于难度大，有时一个动作就要练上半天。

炎炎烈日下，我们将一只脚绷得直直的，另一只脚支撑着站在原地一动不动。豆大的汗珠从额头沁出，从脸上划过，狠狠地砸在地上，摔成八瓣之后，倏地就不见了踪影，只留下丝丝水印隐隐可供寻迹，而身上的衣服则早已紧贴在皮肤之上。一天下来，脸颊焦辣辣的，身子各处肌肉充满胀痛感。我想，我们只是几天的训练，而士兵们每天都在进行高强度的训练，难怪他们会有钢铁般的意志。

儿子从小学升入初中，开学的时候，学校也组织了军训。儿子领到了一套迷彩服，换上之后，就在家里兴奋地来回走起方步来。结束一天的训练晚上回到家，儿子吃完饭洗了个澡，就马上钻进房间睡觉了，早上的兴奋劲儿早已不知所踪。几天下来，虽然儿子还是会喊累，但我发现儿子的背比以前挺得直了。时下的孩子，生活条件好起来，娇生惯养的情况也多了起来，我希望这样的军训能够多开展几次，让孩子们接受考验，锻炼坚强的意志。

这以后，家里又有一些亲人陆续获得了宝贵的参军入伍机会。亲朋好友纷纷送上真诚祝贺，自豪也写在光荣家属的脸上。祖国的边疆哨所需要子弟兵们站岗守卫，他们穿着闪亮的军服坚守一线，以无与伦比的坚韧意志，用自己的青春和热心捍卫着国人的幸福。而来自国家的关爱体贴，让军人和光荣家属们没有丝毫的后顾之忧。

和平年代里，解放军除了戍边卫国，还担负着抢险救灾等重大任务。哪里需要他们，他们就会出现在哪里，身处困境时，老百姓看到解放军的到来，就看到了希望。新时代的军人筑起了坚强的钢铁长城，也挺起了中国人的脊梁，他们穿着闪亮的军服，他们就是最可爱的人。

作文课上纸船漂

多年前，我所任教的学校边上有一条灌溉用的小水渠，渠水清澈，常可见小鱼在其间欢快潜游，间或有沙泥鳅蹲伏于水底。水渠只有一尺来宽，水一般只到膝盖，所以也不用担心安全问题。

水渠穿过田野，田间的油菜花金灿灿的，风里也带着油菜花的香气，钻入微微张开的鼻翼，沁人心脾。我陶醉在眼前的美景中，心里想着：今天有一堂作文课，我是不是又要变点花样了呢？

上课铃声欢快地响起，孩子们早已端坐等候，眼睛不安分地张望着，一副要从我身上发掘出宝贝的样子。我从袋子里掏出三件"宝贝"，孩子们定睛细看，原来是三只纸船：一艘"军舰"，一艘"宽板船"，另一艘是鸭子造型的。他们知道，今天的作文课，又是一道别样的"大餐"了。

我拿出纸来，边示范边让他们跟着折。面对折纸船之类的手工，孩子们仿佛天生就有巨大的潜能，不出几分钟，纸船就成型了。看着他们意犹未尽的表情，我宣布大家带上纸船出发，孩子们迅速变成兴奋的小鸟，跟着我"飞"出了教室。

我一手抓着网兜，一手提着塑料桶，走在前面。孩子们盯着我手里的"秘密武器"，露出一脸的疑惑：放个小纸船，还要这样"全副武装"吗？我微微一笑，露出神秘兮兮的表情，就是不点破。

迎着油菜花香，我们来到了水渠边。我没有刻意进行指挥，但队伍却没有争没有抢，仿佛进入自由自在的田野，大家都更加谦让了。

男生小林手里举着一只小纸船，嘴里念叨着："我的小纸船，你就是一艘神武的战舰，快去乘风破浪吧！"手一松，纸船"啪"掉在水面上，开始了一场闯荡之旅。看着自己的纸船开启了航程，他马上撒开腿，在水渠边跟着跑，不住地给纸船加油打气。

在一个拐弯处，纸船被急流带进了漩涡，瞬间就像一个醉汉，完全不受自己控制，跟着漩涡飞转，随时都有"船倾人覆"的危险。难道这里会是"神武战舰"的百慕大？小林同学拳头握得紧紧的，小脸涨得通红，正要发出长长的叹息时，"神武战舰"一个漂亮的腾跃，抽身滑出漩涡的牵绊，重新进入了新的航程。都说"乘风破浪会有时，直挂云帆济沧海"，"神武战舰"一定会胜利抵达彼岸。

女生小芳虔诚地捧着一只宽板纸船，里面装着一颗颗纸折的小星星。她轻声地许愿："小纸船，请带上我的梦想驶向远方吧！"船底一贴上水面，便开始了一场梦想旅程。宽板纸船如同一艘巨型的游轮，虽然一路上不时有急流来袭，但整体还算平稳。小芳站在始发处，目光一直追随着向前行驶的宽板船，直至它消失在几个拐弯的尽头。

男生小兵则和自己小组的同学，组成了一支"无敌舰队"。随着一声令下，大家一齐将纸船放入水中，不同大小、造型的纸船，组成一个整齐的方阵，浩浩荡荡地向前行驶。一路上，漂浮在水面的树叶和小草，看到"无敌舰队"的阵势，纷纷"闪避"到一旁，怀着"崇敬"的心情目送舰队前行。

返回教室的时候，我肩背网兜，手提塑料桶，走在队伍中间。孩子们看到塑料桶里满满的纸船，纷纷投来敬佩的目光。"朱老师不愧是朱老师，一切尽在安排中，看来姜还是老的辣！"两个孩子边说着，边硬是接过了我手里的塑料桶和网兜。

回到教室，孩子们便开始回顾刚才放纸船的过程，列出了一个写作提纲。然后，我让每个孩子在脑子里对放纸船的画面进行回放，并想想，其他同学又有哪些表现。

当一沓厚厚的作文本子端放到我的办公桌前时，我迫不及待地批改了起来。读着孩子们充满童真的文字，我的眼前出现了一艘艘勇敢行驶的航船，出现了一张张洋溢着快乐的小脸……

这次作文孩子们为什么写得这么好？我想最大的原因应该是纸船漂进了他们的心里。是的，写作不是随意下笔，也不应是凭空想象，它需要引导学生去亲身经历过程，捕捉生动的画面以及丰富而深刻的意涵。

虽然因工作调动单位几经变化，但作文课积极引导学生亲历过程的做法，我一直努力坚持着。

班里有个孩子叫"小胖"

"小胖"姓方，是我新接手班级的一位男生。交接班时，上一任老师千叮万嘱，说他是有名的"刺头"，不仅自己不守纪律，还经常"骚扰"同学。听着描述，"寒意"阵阵袭来。

第一节课，我特意关注了他，小脸胖嘟嘟的，看外貌应该是个可爱的主，只是想到上一任老师的嘱咐，又很难与可爱划上等号。他的桌子很有"特色"，边上十几本书参差叠起，如梵净山的"天书"般摇摇欲坠。

或许是还处于试探阶段，或许是对我幽默风趣的上课方式比较喜欢，一节课下来，他虽然偶尔做过几次小动作，但基本能安稳地坐着。课上，我特意表扬了他。

第三节语文课下课，有女生向我举报说水笔被"小胖"夺走了。该来的还是来了，但我觉得这有可能是惯性使然，因此在办公室，我只是关心地询问他是不是忘带笔了，他胖乎乎的小脸上闪过一丝惊讶。临走时，我送给他两支水笔和一本《斑羚飞渡》，并嘱咐他如果缺什么尽管跟我说。

第二周的公开课，我上了一节自创的文本《捉鱼记》，其中讲到如何抓住特点描写各种鱼。此时，我话锋一转："其实写人也是一样的，比如写小方同学，可以抓住什么特点？""他胖乎乎的。"我说："嗯，是个小胖，你抓住了他可爱的特点！"其他同学不置可否，但听课的老师都将目光齐刷刷地投向了他。此时，我从他的眼睛里读到了一丝喜悦，看来他挺喜欢小胖这个称呼，因为我说代表着可爱。

第二天上课，我发现了一个喜人的现象："小胖"端端正正地坐在椅子上，桌边危险的"天书"消失了，课本整整齐齐地放在桌角。我向他投去赞许的目光，他看到后身子坐得更直了。

以后的几节课，我边上课边偷偷地关注他，前半节他都是端端正正的，后半节有时会情不自禁地做一些小动作。还有几次他伸出手要拿同学的文具，但与我的目光碰撞之后，又悄悄将手缩了回去。我想，改变需要时间，但对于这样的好兆头，我还是感到很欣慰，所以适时地对他进行了表扬。

一天，上《小嘎子和胖墩儿比赛摔跤》一课，学完课文后，我问同学们："你们喜欢胖墩儿吗？说说理由。""喜欢，因为他沉稳老练！""喜欢，因为他很诚实！"大家争先恐后地回答着。

我指着"小胖"说："小方同学也是个小胖墩儿，比文中的胖墩儿还要可爱，你们喜欢吗？"一时间，教室里鸦雀无声。我接着说："最近他有没有拿过你们的东西？有没有影响大家上课？"孩子们认真回忆了小胖最近的表现后，用力地摇了摇头。此时，一位女同学站起来说："他最近上课姿势也端正了。"我接过话头："老师相信，小方同学还会越来越好，你们相信吗？""相信！"大家异口同声回答。

这节课后，"小胖"的变化更明显了，不仅比以前遵守纪律，而且还能及时完成作业了。看来，几个月的努力没有白费。对于作业中的错题，我特意对他进行了面对面辅导。

我还了解到"小胖"的父母都在外地打工，因此，我时不时地会找他谈心，可能是许久没有与父母交流了，对于与我的谈话他感到很开心。当然最开心的莫过于我了，因为"小胖"不仅变乖了，而且成绩也有了难得的进步。

期末监测安排试场时经过他的座位，我无意间听到了他和邻桌的对话："这次考试，我要帮朱老师考好点。"话音入耳，我为之一颤，走出教室，寒意包裹着我，但我感到异常温暖。

考试结束后，监考的同年级老师老远就冲着我喊："你们班小方同学这次特别认真，作文格子都快写完了。"我知道试卷上的作文格子比要求的字数起码多三百格，我感到莫名的激动，眼泪不自觉地在眼眶里打转。当成绩出来时，我发现小胖比接手时整整多了二十几分，我以最快的速度将这一喜讯告诉了他。

后来，我因为工作调动，离开了"小胖"，但我相信他还会越来越好。从教生涯中，我可能还会遇到很多和"小胖"类似的学生，但我深知，"刺头"不会是永恒的标签，只要用心关爱，改变就会随之而来。

汨罗悲歌回响

公元前 278 年农历五月初五，一位风烛老人，一袭薄衫，下沅江，入洞庭，渡湘水，迎着凄冷的寒风，来到汨罗江畔。在绝望和悲愤中，他怀抱一块大石，"扑通"一声投入冰凉的汨罗江，旋即便淹没于滔滔的江水中。

这位老人便是屈原，中国第一位真正意义上的爱国诗人。历史因为屈原这纵身一跃而被定格，从此，端午成了中华民族祭祀名人的重要节日，而汨罗江也成了诗人们顶礼膜拜的圣地。

"鸟飞返故乡兮，狐死必首丘。"我想此时江水中的屈原，他的身体一定也是朝着楚国都城郢都的方向。正是带着对楚国疆土沦丧的无比痛心，带着对楚国未来的绝望，他才毅然决然地纵身一跃。

朝秦暮楚，这是战国时期士人们普遍心境的一种真实写照。当其时，各国士子普遍祖国观念不是很强，如果在自己国家得不到重用，则会到其他国家游走，以便获得施展才华的机会，而不会围于一处苦苦等待。

"所非忠而言之兮，指苍天以为正。"在众多的士子中，屈原可谓是一个另类。他才华横溢，却始终郁郁不得志，甚至于被流放到远离楚国都城郢都的偏远地方。但即使这样，对于生于斯长于斯的楚国，屈原从不曾产生过一丝一毫的离弃之心，存有的是满满的爱国情怀。

"乘骐骥以驰骋兮，来吾道夫先路！"看着自己的祖国楚国裹足不前，屈原积极向楚怀王献策变法，潜心制订强国法度。他希望通过自己的倾心付出，一展政治抱负的同时，为楚国建功立业，实现让楚国兴旺发达的伟大理想。

"路漫漫其修远兮，吾将上下而求索。"即使在被奸佞小人陷害，得不到重用的时候，屈原也不忘思考国家发展的计策，默默寻找着国家的出路。因为他心中一直装着祖国，在国家的前途命运面前，个人的得失对屈原来说简直可以忽略不计。

纪念屈原的粽子棱角分明，作为一个才华横溢的文人，屈原也个性鲜明。即使是长年的流放生活，也丝毫没有磨平屈原的个性，他的棱角依然如同粽子一样分明。他从不曾向代表投降派的子兰等人低头，即使被谗言中伤不受重用，也一直在坚守着自己心中的伟大理想。

"举世皆浊我独清"，正因为不愿与蝇营狗苟的人为伍，屈原被一次次放逐，被一次次打击，命运多舛多劫。可就是这样一位长期远离政治决策中心的屈原，在楚国不断被强秦威胁面临亡国危险的当口，毅然挺身而出接受楚王交给的出使齐国的艰巨任务。他带着楚国父老的殷切期望，一路风尘仆仆，马不停蹄赶往齐国。他利用自己以前建立的良好外交关系，用自己满满的诚意打动了齐国君臣，圆满地完成了建立齐楚联盟的重任。

但是，现实又一次和这位忧国忧民的大臣开起了玩笑。当屈原带着满心的欢悦，带着满身的疲惫回到楚国时，他才发现楚怀王又一次被秦国使臣的花言巧语所蒙蔽，被秦国空口许诺下的利益所诱骗。屈原知道，他费尽九牛二虎之力才修复的齐楚关系，又将分崩离析了。

然大厦之将倾，非独木所能支焉！强大的邻居渐渐露出狰狞的面孔，张牙舞爪准备随时吞噬楚国。眼睁睁看着祖国面对亡国的巨大危险，而自己却远离朝廷无能为力，没有比这更让屈原痛苦的了。

楚国危在旦夕，当秦军攻陷楚国都城的消息从前方传来，当看到一个个蓬头垢面的百姓惊慌逃难而来，屈原心如刀绞。疆土的不断沦丧，百姓的流离失所，化作一根根尖利的锥子刺入屈原的躯体。

他过鄂渚，入洞庭，溯沅水，经枉陼，至辰阳，入溆浦。不久，他又下沅江，入洞庭，渡湘水，至汨罗。习习寒风中，留下了一个悲怆的孤苦身影。他彷徨，他无助，他绝望。最终，他将自己投入了汨罗江水之中，将一片丹心投给了心心念念的楚国。

屈子行吟投汨罗，山河破碎唱悲歌，翻腾的浪花已经读懂了他对祖国深深的爱。屈原早已远去，但几千年来，爱国的悲歌一直在汨罗江畔回响。吃粽子，赛龙舟，人们纷纷用各种各样的形式来纪念这位伟大的爱国诗人，也在传承着伟大的爱国情怀。

一晃就老了

　　到市民广场散步，边走边听间，我发现了一个有趣的现象：青年、中年、老年，无论哪一个年龄层次的舞友，都有一首共同的曲子——《一晃就老了》，这应该算得上是老少通吃的神曲了，仿佛在提示所有人都要珍惜时间，活在当下。

　　一次去溪边野炊，前去收集干柴时，在一段枯树桩前，两点紫色跃入了我的眼帘。在寒冬枯黄一片的溪滩地，这两点小小的紫显得特别醒目。走近细看，原来是一棵紫地丁。紫地丁是常见的一种草药，有清热解毒、散结消肿的功效。平时在沙地和泥地看到过它，今天我却在这没有一丁点泥土的枯树桩上邂逅了它。

　　看着眼前的两点紫色，我脑中浮现出这样的景象：一棵紫地丁花籽不知从何处随风而来，最后掉落在枯树桩上。但是它没有怨天尤人，而是就着雨水绽开了小芽，将自己的根深深地扎进树桩，吸取木屑的营养，努力向上生长。如今，它终于像所有的紫地丁一样，开出了炫目的紫色。

　　翻看《本草纲目》：紫花地丁，处处有之。我想，正是不甘于被命运摆布，才让紫地丁将这傲人的紫，开在了平地，开在了沟壑，开在了砖缝，甚至于枯树桩上，书写着自己命运自己做主的一段段传奇。

芒秆在乡间随处可见，正因为太过于常见而往往让人视而不见。如果你去关注就会发现，它们所处的生活环境极其恶劣，不是遍布沙石的溪滩地，就是需要与树木蕨草争地的山腰或山顶之处。但是即便是这样，我们也从没有看见它们低过头。

在几乎没有丝毫泥土的溪滩地上，芒秆们迤迤然地生长，一簇簇，一丛丛，昂首而立。即使面对洪水也毫不畏惧，因为它们将根系深深地扎进了沙层。我们经常会看到这样的景象，洪水将芒秆根部的一半泥沙冲走了，庞大的根须暴露在眼前，但它们依然能够茁壮生长，仿佛丝毫不受影响。在路边，在山腰，在山顶，芒秆无处不在，它们就用那一片片的浓密，向我们展示自己与恶劣环境挑战的顽强生命力。

地菍是贴地生长的一种山野果，它不像山楂、藤梨那样将果子高高挂在枝头，因而显得毫不起眼。即使是矮矮的狼萁草，对它们来说也像巨型的遮阳伞，轻而易举地便掩盖住地菍的身姿，仿佛永无出头之日。

但是，无论是山路边上，还是崖壁底下，它们的茎总会默默匍匐向前生长，最终跳脱狼萁草的遮盖，用自己椭圆形的叶子在地面织出一片壮观的绿色。仿佛有过约定似的，一到夏天它们就会如期开出紫色的小花，而且还会结出一颗颗球状的小果，在阳光下直晃你的眼。循着阳光坚持前行，让地菍开辟出了属于自己的天地。

没有轮替的人生，只有轮替的四季，草木尚且珍惜美好时光，不愿随波逐流，作为人类的我们更应不负韶华。一晃就老了，就让我们抓住当下，活出精彩的自己吧！